格致文库

民国文事

介子平 著

山西出版传媒集团
北岳文艺出版社
BEIYUE LITERATURE & ART PUBLISHING HOUSE
·太原·

图书在版编目（CIP）数据

民国文事 / 介子平著 . — 太原 : 北岳文艺出版社，2019.1

（格致文库）

ISBN 978-7-5378-5743-7

Ⅰ . ①民… Ⅱ . ①介… Ⅲ . ①散文集—中国—当代 Ⅳ . ① I267

中国版本图书馆 CIP 数据核字（2018）第 250054 号

书　　名：民国文事
著　　者：介子平
责任编辑：关志英
书籍设计：鸿儒文轩 · 书心瞬意

出版发行：山西出版传媒集团 · 北岳文艺出版社
地　　址：山西省太原市并州南路 57 号
邮　　编：030012
电　　话：0351-5628696（发行部）
　　　　　0351-5628688（总编室）
网　　址：http://www.bywy.com
E - mail：bywycbs@163.com
经 销 商：新华书店
印刷装订：北京中华儿女印刷厂

开　　本：787mm × 1092mm　　1/32
字　　数：115 千字
印　　张：7
版　　次：2019 年 3 月第 2 版
印　　次：2019 年 3 月北京第 1 次印刷
书　　号：ISBN 978-7-5378-5743-7
定　　价：45.00 元

目录

001 文字还是过去的好
——代序
001 感人莫过哀诗
008 此诗颇具丈夫气
017 诗之雅译
026 文言衰因国衰
040 校歌荡漾的余音
058 民国三碑
065 挽赞中的大度
076 诗意社评

083 戒烟劝烟
086 护生即护心
091 为谁送别
095 民国“百美图”
100 立言须慎
105 短文的分量
110 抄书做学问
115 民国课本里的诗意
122 民国小学生的古文功底
138 日人对商务教科书的删禁

147 痛心读此书
155 残酷战争下的笑脸
160 奇文共赏
165 士人旧想
169 游记不简单
183 故人传记一言难尽
193 细节也是力量
202 郑振铎日记的魅力
211 跋

文字还是过去的好

——代序

语言铭烙时代印记，先秦文、六朝文、唐宋文、明清文，各有高妙境界。其中原因多多，乃一专门学问，总之反映着那个时代的文化特质。

有不同之处，便有相似之点。傅斯年尝言："中国文最大的毛病是面积惟求铺张，深度却非常浅薄。六朝人做文只知铺排，不肯一层一层的剥进。唐宋散文家的制作，比较好一点，但是依然不能有很多层次，依然是横里伸张。以至于清朝的八股文、八家文，都是'其直如矢，其平如底'，只多单句，很少复句；层次极深，一本多枝的句调，尤其没有了。"锦绣黼黻，铺张文风，内有居心，暗存自得，子虚上林之奢，歌功颂德之嫌矣。

时代前提下，元轻白俗，郊寒岛瘦，尚有个体之差异，董桥分析民初白话文："胡适的文章，白话文够好了吧，干干净净流水一样，但是就缺了文采，他不太注意调句子。鲁迅懂，鲁迅故意把一些句子调来调去。周作人写的那种半文言半白话，是另外一种意境。”雨送添砚水，竹供扫榻风，俱因清新自在；停之如栖鹄，挥之如惊鸿，皆似仙界中来。

政治化语言，是这个时代的表象。我小学所读，皆口号语录，稍长习作文，大批判体。虽为俗人，不染俗乐，凡世所欲，有避无就，在之后的几十年里，刻意摆脱之，存心蝉蜕之，无奈此般印记，犹纹色在肤，革面不去。汪曾祺《与友人谈沈从文》云：“现代文学史（包括古代文学史也一样）不是文学史，是政治史，是文学运动史，文艺论争史，文学派别史。”情动于中而形于言，语言暴力，皆隐于衷之戾气泄露。钱锺书《围城》里说，“对于丑人，细看是一种残忍——除非他是坏人，你要惩罚他”，对于文字亦然。冯小刚电影常以“文革”语句为噱头，取悦观众，我却笑不起来，但所有玩笑的背后，皆有认真的成分。顾彬说“二战”后，德国作家意识到必须重新学习德文，因为先前的德语已被政治错误使用了。同样情形，汉语也有被政治重度污染的历史。

语言从政治，为一种不自觉习惯，可测得所处时代政治化程度之高低。一切围绕政治，语言自不脱干系，文人不独立，语言自依附。语言之外，其他文化形态亦如此。国之哲学，昔人皆知，何以今人懵懂？哲学因离政治太近，而成御用工具，时而注解政治，时而训诂政策，媚俗随波，甜熟趋时，唯恐精明不至，竟诠释起了领导人言论，政治风向旦转，竟也不假思索跟变。学问可以托身，不可牟利，忠于己之信念与价值，即为诚实。声色娱情，弄臣之擅长，名节至大，名是而实非，为后人所不齿。何时国人的文化生活，高于政治生活，生活兴致，高于政治兴致，真就进步了。

时下社会，向利而生者众，消费欲望、金钱欲望，超越精神欲望，必也带来文艺上的变故。一位画家年老后，不愿再动笔，其曰：一提笔作画，便想这幅能卖多少钱，而求画者想的也是价值几何。眼蒙灰尘，逸不高华，胸沉渣滓，趣不淡泊，画得实在没意思。

有伟大的诗歌，必有伟大的读者，时下乏有好文字，是否也与缺少好读者有关，我看主要是没有好作家，李白当年谪夜郎，中原不复汉文章。所谓好作家，能够点化俗情、摆脱世故者也。若说文字，还是过去的好。

介子平

乙未清明

感人莫过哀诗

平静时吟诗易，非常时吟诗难。大喜大悲之时、大悲大痛之间仍能吟得出诗的诗人，方为真诗人。唐诗人李涉夜遇匪徒，情急之下口占一绝："暮雨潇潇江上村，绿林豪客夜知闻。他时不用藏名姓，世上如今半是君。"匪徒首领听罢笑道："果然是诗人李涉。"竟奉还财物，呼哨而去。还有刀压在脖子上，依然出口成章者，真乃奇人也。

南宋末年，文天祥在粤兵败被俘，并被带往北方囚禁，途中经过零丁洋，写了《过零丁洋》："惶恐滩头说惶恐，零丁洋里叹零丁。人生自古谁无死，留取丹心照汗青。"临行又有诗云："孔曰成仁，孟曰取义，惟其义尽，所以仁至。读圣贤书，所学何事，而今而后，庶几无愧。"

杨继盛因弹劾奸相严嵩十大罪状，遭毒刑，被杀害。临刑有诗云："浩气还太虚，丹心照千古。生平未报国，留作忠魂补。"

李贽以“敢倡乱道，惑世诬民”之罪被捕，狱中写诗曰：“志士不忘在沟壑，勇士不忘丧其元。我今不死更何待？愿早一命归黄泉。”

崇祯三年（1630）八月，崇祯帝以“袁崇焕咐托不效，专恃欺隐，以市米则资盗，以谋款则斩帅，纵敌长驱，顿兵不战。及至城下，援兵四集，尽行遣散。又潜携喇嘛，坚请入城”罪名磔刑处死于京，弃尸于市。刑前，袁崇焕遗绝命诗一首：“一生事业总成空，半世功名在梦中。死后不愁无勇将，忠魂依旧守辽东。”

夏完淳被捕后，在狱中写下了《南冠草集》，其中的《即事》曰：“复楚情何极，亡秦气未平。雄风清角劲，落日大旗明。”

“戊戌政变”失败后，谭嗣同被捕入狱，写下了那首著名的《狱中题壁》诗：“望门投止思张俭，忍死须臾待杜根。我自横刀向天笑，去留肝胆两昆仑。”临刑时又高呼：“有心杀贼，无力回天；死得其所，快哉快哉！”

毓贤巡抚山西期间，排外仇洋，唆使拳民焚烧教堂，屠杀教民，制造了震惊中外的“山西教案”。清廷与八国联军议和时，联军指毓贤为罪魁祸首。光绪二十七年（1901）2月13日，清廷下令加重对“首祸诸臣”之惩处。22日，毓贤被斩于兰州。毓贤被诛前一夕，虽未写诗，却书一联于门：“臣殉国，妻子殉臣；我杀人，朝廷杀我。”翌晨居民哄传，颇有蠢动之势，毓贤被急往受戮。

光绪二十九年（1903）因发表《驳康有为论革命书》并为邹容《革命军》作序，触怒清廷，章太炎与邹容同时被捕入狱。章太炎在狱中作《狱中赠邹容》诗勉励邹容：“邹容吾小弟，披发下瀛洲。快剪刀除辫，干牛肉作糇。英雄一入狱，天地亦悲秋。临命须掺手，乾坤只两头。”邹容则答曰：“一朝沦地狱，何日扫妖氛。昨夜梦和尔，同兴革命军。”二人还合作绝命诗两首，其一曰：“平生御寇御风志（邹），近死之心不复阳（章）。愿力能生千猛士（邹），补牢未必恨亡羊（章）。”

光绪三十三年（1907）五月，黄冈起义失败，革命党人朱子龙就义前留下《绝命诗》：“死我一人天下生，且看革命起雄兵。满清窃国归乌有，到此天心合我心。”

同年七月，秋瑾举事失败被俘，狱中题诗狱壁：“莽莽神州叹陆沉，救时无计愧偷生。抟沙有愿兴亡楚，博浪无椎击暴秦。国破方知人种贱，义高不碍客囊贫。经营恨未酬同志，把剑悲歌涕泪横。”

宣统二年（1910），年仅二十七岁的汪精卫刺杀摄政王载沣。暗杀失利，身陷大狱，写下了同样著名的《被逮口占》：“慷慨歌燕市，从容作楚囚。引刀成一快，不负少年头。”此诗悲壮动人，脍炙人口，传诵一时，激励无数有为青年投身革命中来。

宣统三年（1912）一月十六日，黄之萌与数位志士身携炸弹埋伏于北京东华门与丁字街一带，密谋炸毙袁世凯，惜功亏一篑，临刑前留绝命诗一首：“在昔头皮拼着撞，而今血影散成斑。红点溅飞花满地，层层留与后人看。”

瞿秋白有狱中绝笔集诗：“一九三五年六月十七日晚，梦行小径中，夕阳明灭，寒流幽咽，如置仙境。翌日读唐人诗，忽见‘夕阳明灭乱山中’句，因集句偶成一首：‘夕阳明灭乱山中（韦应物），落叶寒泉听不穷（郎士元）。已忍伶俜十年事（杜甫），心持半偈万缘空（郎士元）。’方提笔录出，而毕命之令已下，甚可念也。秋白曾有句：‘眼底烟云过尽时，正我逍遥处。’此非词谶，乃狱中言志耳。”

狱中备受折磨、尊严丧尽情形下，有屈服者，欲改弦易辙，重新做人，美其名曰醍醐灌顶，大彻大悟，也有不屈者，虽处阴冷，却有英气，志弥盛，虽布阴云，却蕴彤日，气弥坚，慷慨陈词，大义凛然，其诗也激昂悲壮，热血沸腾，这其中需有多么恪守不渝、贞固无比的信念支撑，需有多么岿然不动、匪石匪度的意志依托。愤怒出诗人，狱中诗虽有不工，却回肠荡气，真挚感人，多能传诵，故为诗中精品。

临终之时，多数人惊怵难定，魂不守舍，进而屁滚尿流，语无伦次，而也有心安理得、坐卧如常者，其表现，好汉则喝一碗烈酒，吼一嗓戏文，文人则口占一绝，感怀一番，其中不乏精彩者也。

李自成破北京，崇祯帝自缢于煤山，明亡。大学士范景文于壁间大书“谁言信国非男子，延息移时何所为”后，投井自毙。户部给事中吴甘来题诗堂上：“到底谁遗四海忧，朱旗烈烈凤城头。君臣义命乾坤晓，狐鼠干戈风雨秋。极目山河空泪血，伤心萍浪一身愁。洵知世局难争讨，愿判忠肝万古留！”引佩带自缢于室。

和珅案发入狱，即预感到自己来日不长，元宵节时，作题《上元夜狱中对月两首》诗：其一曰：“夜色明如许，嗟令困不伸。百年原是梦，廿载枉劳神。室暗难挨晓，墙高不见春。星辰环冷月，缧绁泣孤臣。对景伤前事，怀才误此身。余生料无几，空负九重仁。”其二曰：“今夕是何夕，元宵又一春。可怜此月夜，分外照愁人。思与更俱永，恩随节共新。圣明幽隐烛，缧绁有孤臣。”嘉庆四年（1799）正月十八日，嘉庆帝派大臣前往和珅囚禁处所，赐白练一条，令其自尽。其又提笔写下了一首绝命诗：“五十年来梦幻真，今朝撒手谢红尘。他日水泛含龙日，认取香烟是后身。”

文人如此，鲁夫亦然。不喜读书、不善诗文的项羽被困垓下，兵少粮尽，夜饮帐中，自知败局已定，乃慷慨悲歌《垓下歌》：“力拔山兮气盖世，时不利兮骓不逝。骓不逝兮可奈何，虞兮虞兮奈若何！”慷慨激烈，有千载不平之余愤。咸丰三年（1853）二月十一日，太平军破金陵，时武进汤雨生将军贻汾寓居金陵，于城陷次日投城北李氏园池死，年七十有六。死前赋《绝命诗》一首：“死生轻一瞬，名义重千秋。骨肉非甘弃，儿孙好自谋。故乡魂可到，绝笔泪难收。藁葬毋予恸，平生积罪尤。”咸丰十一年（1861），不善作诗的肃顺在临刑前借用杜牧《赤壁》中的“东风不与周郎便，铜雀春深锁二乔”为绝笔。

1934年11月9日，吉鸿昌被捕，24日赴刑场。殉前，吉鸿昌以树枝于雪地写绝命诗：“恨不抗日死，留作今日羞。国破尚如此，我何惜此头。”

续范亭在抗战期间，以剖腹自杀方式抗议不抵抗主义。1935年，他赴南京呼吁抗日，在中山陵放声痛哭：“谒陵我心悲，哭陵我无泪。瞻拜总理陵，寸寸肝肠碎。战死无将军，可耻此为最。腼颜事仇敌，瓦全安足贵？”又赋绝命诗一首：

“赤膊条条任去留，丈夫于世何所求？窃恐民气摧残尽，愿把身躯易自由。”

愤怒出诗人，临终也出诗人。喜怒哀乐皆诗者，真诗人也。

翁同龢罢官归里后，郁郁寡欢，临终前口占一绝：“七十年来事，苍茫到盖棺。不将两行泪，轻为汝曹弹。”又自拟一联：“朝闻道，夕死可矣；今而后，予知免夫。”

陈寅恪身卧病床，目疾加剧，感怀伤时：“四海兵戈迷病眼，九年忧患蚀精魂。扶床稚女闻欢笑，依约承平旧梦痕。”抗战胜利，赋诗抒发八年来的无限感慨：“国仇已雪南迁耻，家祭难忘北定时。念往忧来无限感，喜心题句又成悲。”

1949年1月26日，国民政府溃离南京之际，以汉奸罪论处的周作人遇特赦释放。走出老虎桥监狱的周作人感慨系之，吟诗曰：“一千一百五十日，且作浮屠学闭关。今日出门桥上望，菰蒲零落满溪间。”

此诗颇具丈夫气

宋亡蜀，只用了一万军队，而后蜀的十四万军人以数倍于敌的兵力，背城借一，即便面临强敌，当无亡国之虞，结果却是不战而降。花蕊夫人随孟昶流亡北行，夜宿葭萌驿站，感怀国破家亡的哀愁，在馆壁上题了这首《采桑子》，又因军骑催促，只得半阕："初离蜀道心将碎，离恨绵绵。春日如年，马上时时闻杜鹃。"被掳入宋后，太祖久闻其诗名，召其陈诗。苏曼殊的"日暮有佳人，独立潇湘浦。疏柳尽含烟，似怜亡国苦"大致描述的便是此情形。花蕊夫人遂诵出了那首著名的《述国亡诗》："君王城上竖降旗，妾在深宫那得知。十四万人齐解甲，更无一个是男儿。"此诗颇具丈夫气，深得太祖赏识，后世诗评家对此也每每乐道。"茫茫四海人无数，哪个男儿是丈夫"的句子，其源盖也在此。

其势与李清照的《夏日绝句》"生当作人杰，死亦为鬼雄。至今思项羽，不肯过江东"可有一比。金兵入侵中原，掳徽钦二帝，王室仓皇南逃，李清照的丈夫赵明诚被任命为京城建康的知府。一天深夜，城里发生叛乱，身为知府的赵明诚未恪尽职守指挥戡乱，而是悄然缒城而逃。叛乱勘定之后，赵被朝廷革职。李清照深为丈夫的临阵脱逃而感到羞愧，虽无争吵，一路上两人相对无语。行至乌江，站在楚霸王项羽兵败自刎之处，李清照面对浩浩江水，随口吟就此诗。赵明诚闻后愧悔难当，深深自责，从此郁郁寡欢，一蹶不振，不久便发病而亡。沈曾植评李清照之作："易安倜傥有丈夫气，乃闺阁中苏辛，非秦柳也。"

周密《齐东野语》记有蜀中妓所填《市桥柳》："欲寄意、浑无所有。折尽市桥官柳。看君著上征衫，又相将，放船楚江口。 后会不知何日又。是男儿、休要镇长相守。苟富贵、无相忘，若相忘，有如此酒。"好一句"若相忘，有如此酒"，大泽龙蛇之阔美的背后，也道出了富贵面前，誓言之脆弱。逆笔道来，讽喻谴责，令多少丈夫汗颜不已。

王士祯《池北偶谈》载某闱中诗："淄川袁孝廉松篱（藩），名士也，以康熙癸卯冠礼经，壬戌尚困公车。闱中赋诗云：'二十年前古战场，卧听谯鼓夜茫茫。三条画烛连心熟，一径寒风透骨凉。苦向缁尘埋鬓发，凭谁青眼托文章？明宵别后长安月，偏照河桥柳万行。'武康陈孝廉兴公（之群）吟之，至泣下。”开句便是古战场，哪里有丝毫的闺房气息。

清廷通过日本当局于光绪三十一年（1905）十一月颁布了《取缔清韩留学生规则》，对学生活动横加限制。为此，秋瑾带领一队留学生进行罢课，并组织敢死队与公使馆交涉，继而率领部分学生回国，以示抗议。临行在浙江同乡会举行的集会上发表演讲，讲到有人散布妥协言论时，秋瑾猛然自靴筒里抽出倭刀，咔嚓一声插于讲台厉声道：“如有人回国投降满虏，卖友求荣，欺压汉人，吃我一刀。”其《东渡长歌》云：“登天骑白龙，走山跨猛虎。叱咤风云生，精神四飞舞。”《黄海舟中日人索句并见日俄战争地图》云：“万里乘云去复来，只身东海挟春雷。忍看图画移颜色，肯使江山付劫灰。浊酒不销忧国泪，救时应仗出群才。拼将十万头颅血，须把乾坤力挽回。”《满江红》云：“身不得，男儿列，心却比，男儿烈。算平生肝胆，因人常热。俗子胸襟谁识我？英雄末路当磨折。莽红尘、何处觅知音？青衫湿！”徐锡麟案败露后，她拒绝离开绍兴：“我怕死不会出来革命，革命要流血才会成功。”于是遣散众人，毅然留守大通学堂。被捕后，拒不口供，仅书“秋风秋雨愁煞人”以对。

秋瑾就义后，其族人恐受到株连，不敢收葬遗体，后其兄赶回绍兴草殓暂厝。义姐吴芝瑛与徐忏慧两人冒雪渡过钱塘江，赶到绍兴，雇一小船，收其遗骨，密运杭州，卜葬于西湖岳王坟前的西泠桥畔，并立墓碣“呜呼鉴湖女侠秋瑾之墓”，一时吴芝瑛义动天下。吴在赴绍兴途中吟《哀山阴》二首：“爰书滴滴冤民血，能达君门死亦恩。今日盖棺论难定，轩亭谁与赋招魂？”“天地苍茫百感身，为君收骨泪沾巾。秋风秋雨山阴道，太息难为后死人。”后又有《秋女士传》和《记秋女士遗事》二文，《西泠吊秋》更是为时传诵，诗云：“今日西泠拼一恸，不堪重唱宝刀歌。”其也具丈夫诗气概。

光绪三十四年（1908），慈禧亡故，满朝文武惶惶不安，似乎慈禧一死，国家便失去了主心骨。有人出主意，将慈禧画像挂于万寿山排云殿内，意在“您死了也得保佑着我们”。这一举动惹怒了吕碧城，遂填《百字令·题慈禧太后画像》一阕：“排云深处，写婵娟一幅，翠衣轻羽。禁得兴亡千古恨，剑样英英眉妩。屏蔽边疆，京垓金币，纤手轻输去。游魂地下，羞逢汉雉唐鹉。”并登于报端，痛斥之。此词一出，朝廷恼火，成为轰动一时的新闻，其气概为国人叹服。

1912年1月23日，张作霖奉赵尔巽之命大肆捕杀革命党人。郭松龄因剪了头发，一身时装，且带有四川新军证件，因而被捕，草草审问后押往刑场。紧要关头，韩淑秀挺身而出，对监斩的东三省总督赵尔巽喊道：“总督大人，刀下留人！”

赵大惊，谁人如此大胆，竟敢骚扰法场？只见一俊秀女子从容自人群中走出，施礼道："总督大人，我是郭松龄的未婚妻，郭松龄是咱们奉天城东渔谯寨人，总督可派人调查以明真伪。他本是四川新军的一名营长。我们已经订婚三年。这次，他从四川回来，就是要与我完婚的。被人诬为革命党，实在冤枉，请总督大人明察。"问明这层关系，郭松龄被当场释放。1925年12月20日，郭松龄兵变失败，不忍弃友独自逃生，被奉军追上后，就地枪决。临刑前，郭松龄遗言："吾倡大义，除贼不济，死固分也；后有同志，请视此血道而来！"韩淑秀凛然道："夫为国死，吾为夫死，吾夫妇可以无憾矣。"时年，郭四十二，韩三十六。死后，皆曝尸三日。

"九一八"事变后的1931年9月28日，针对请愿的学生，国民政府发表《告全国学生书》，声称："人民应受统一之指挥，政府有军事处分之权衡。宣战问题决不能以学生罢课与否为衡。不可战而战，以亡其国，亦政府之罪也。备战未毕而轻于一战，以亡其国，政府之罪也。备战完妥而不敢战，以亡其国，政府之罪也。"一看便知，此等精彩又是出自陈布雷手笔。1935年，何香凝对此国策颇为不满，亲往南京为抗日军民要求物资援助。蒋介石设宴招待何，席间不停地为其夹菜，却闭口不谈正题，何愤然离席。随后，学孔明遗仲达以巾帼妇人之服，将自己的一条裙子寄给蒋，并附上一诗《为中日战争赠蒋介石及中国军人的女服有感而咏》：“枉自称男儿，甘受敌人气。不战送山河，万世同羞耻。吾侪妇女们，愿往沙场死。将我巾帼裳，换你征衣去。”此诗也颇具丈夫气。她还在《赠前敌将士》一文中道：“倭奴侵略，野心未死。既据我东北三省，复占我申江大地。叹我大好河山，今非昔比，焚毁我多少城市，惨杀我多少同胞，强奸我多少妇女？耻！你等是血性军人，怎样下得这点气？”抗战时期，蜀中有宣传画，画中妻子对丈夫说：“锄头给我，你拿枪去。”当与何诗同一情形。在《赠敬爱的伤兵》中，何香凝又激昂道：“君流血，我流泪，锦绣江山被人取。增你勇气，快到沙场去，恢复我们土地。好男儿，救国不怕死。死！留名于万世。”

当年孙中山欲与宋庆龄结婚，先写信予原配卢慕贞请求与之离婚。信由孙科亲自带回。孙科既不敢违背父命，又不敢得罪母亲，于是请同乡郑卓一道回乡。孙科本预备承受不堪设想之后果，不曾想卢夫人见信后，并未冒火：“阿卓你来得正好，我正要问问你，据说宋庆龄小姐，你一定见过多次吧？长得很美吗？”郑卓道：“这位宋小姐，是在国外读洋书的人，相貌长得并不好看。”夫人听后道：“人家又识英文，我们又不识英文。人家又识跳舞，我们又不识跳舞！我们还是让让人家吧。”遂在回信上只写了一字“可”，表示同意离婚。话虽柔婉，却有铿锵之响，温和中渗着韧性，恺悌里不乏贞确，颇具大丈夫之毅然果敢、刚烈坚定特质。本来要在乡陪夫人住几天，以示安慰，但夫人却要他们马上回沪复命。1915年9月，卢慕贞赴日本同孙中山办理离婚手续，10月25日，孙中山与宋庆龄顺利结合。

宋美龄在抗战中数次亲临前线。抗战初期前往上海劳军时，她的汽车在行进途中被日机投弹击中，车被炸翻，她则肋骨折断，脊椎受伤，却顽强地坚持使命。在兰封、富金山、万家岭等战役中，她都出现在了炮火纷飞之中，不仅带来前线急需的武器弹药，且带来蒋介石的亲笔信。将士担心其安危，她则慷慨道：“这是中华民族的生死存亡之战，我正该上火线。”此言虽非诗，却有诗意，同样具有丈夫气。

张允和1923年在苏州乐益女中读书时，作《游镇江北固山》：“高山枕大川，俯视意茫然。沧海还如客，凌波谁是仙。江山欣一览，帷读笑三年。击楫情怀壮，临风好着鞭。”后四句经先生改过，却不及前四句率直，假模假样，假在充气势。

这样的话让人想到了明朝的两篇至文。徐妙锦乃徐达的三女，永乐帝垂涎其才貌，遂欲纳之，却遭拒绝。妙锦并以一封

《答永乐帝书》婉拒之："臣女生长华门，性甘淡泊。不羡禁苑深宫，钟鸣鼎食，愿去荒庵小院，青磬红鱼；不学园里夭桃，邀人欣赏，愿作山中小草，独自枯荣。听墙外秋虫，人嫌凄切；睹窗前冷月，自觉清辉。盖人生境遇各殊，因之观赏异趣。矧臣女素耽寂静，处此幽旷清寂之境，隔绝荣华富贵之场，心胸颇觉朗然。"杨继盛以《请诛贼臣疏》弹劾严嵩获罪而死，杨继盛妻张氏公然上《请代夫死书》。此皆丈夫文。

沈葆桢夫人林普晴，为林则徐之女，英明有才干，当世咸称之。沈葆桢守广信时，被太平军围攻。沈葆桢往河口筹饷，夫人困守危城，情急之下，刺血陈书，作书乞率部驻守玉山的贵州安义镇总兵饶廷选。翌日，沈葆桢闻讯驰归广信府，但也无良策退敌。当夜，城中四处火起，漫天皆红。天明时分，忽降大雨，大火方被浇灭。夫人来到一口井边，拔剑道：城中人已散尽，可昨夜却大火四起，分明是敌探子放火报告空城可袭，恐敌大军就要来临。遂手托佩剑，交给丈夫：我与你结为夫妻以来，惟恐后你而死，如今正好做殉难夫妻，报效朝廷国家。若贼兵来，请你先持此剑阻击一刻，容我投井！周颐《眉庐丛话》撰述道："沈文肃夫人，林文忠之女也。咸丰丙辰，文肃守广信，时发逆杨辅清连陷贵溪等县，郡城危在旦夕。文肃适赴河口劝捐，归恐无及，夫人刺臂血作书，乞援于饶总兵廷选。饶得书，星夜驰赴，甫抵郡而文肃亦归，城赖以全。向来闺媛工诗词者众矣，能文者不数遘，夫人此书，尤为义正词严，不能有二之作。”此书传诵一时，正是书中“今得死此，为厉杀贼，在天之灵，实式凭之”句，感动了饶总兵，甘违擅离职守大忌，飞兵驰援广信解围。此亦丈夫文。沈夫人谢世，曾文正挽以联：“为名臣女，为名臣妻，江右佐元戎，锦伞夫人分伟绩；于中秋生，于中秋逝，天边圆皓魄，霓裳仙子证前身。”

光绪二十七年（1901），康同璧从日文报纸上得知父亲自日本转而流亡印度，遂决心赴印探父。其不顾家人劝阻，不畏路途艰险，于翌年春，女扮男装，躲过严控，逃出京城，走居庸，出潼关，沿丝绸之路，入新疆，翻葱岭，再转而南下。一路过关隘，涉沙漠，越险峰，躲官家，终于抵达印度，当康有为看到寻父启事，竟是女儿到来，喜出望外，老泪纵横。其时中国女子很少出门，休说到外国去。时年她只有十八岁。康同璧曾写诗道：“若论女子西来者，我是支那第一人。”此诗也具丈夫气，新中国成立初，毛泽东接见康同璧，曾吟此诗向其致意。

诗之雅译

据考证，近代外国诗歌之翻译，始于美国诗人朗费罗的《人生颂》一诗。此诗于同治三年（1864）曾被英使威妥玛译为“有意无韵，似通非通”之作，这年又经时任总理衙门大臣的董恂加工润色，成为七绝“长友诗”九首，于同治十一年（1872）刊行《蕉轩随录》上。而董恂也被钱锺书称之为“具体介绍近代西洋文学的第一人”。

莫将烦恼著诗篇，百岁原如一觉眠。
梦短梦长同是梦，独留真气满乾坤。

天地生材总不虚，由来豹死尚留皮。
纵然出土仍归土，灵性常存无绝期……

光绪三十二年（1906），当苏曼殊在日本与母亲享受难得的天伦之乐时，有感于拜伦与自己人生体验之相似，其“泛舟中禅寺湖，歌拜伦《哀希腊》之篇，歌已哭，哭复歌，梵声与流水相应，盖哀中国之不竞，而以伦身世身况。舟子惶骇，疑其痴也”。译诗曰：

巍巍希腊都，生长奢浮好。
情文何斐斐，荼辐思灵保。
征伐和亲策，陵夷不自葆。
长夏尚滔滔，颓阳照空岛……

苏译采用了五言古体，其“按文切理，语无增饰，陈义悱恻，事辞相称”的译风颇受好评，此诗曾传诵一时。是年，他又翻译了拜伦的《赞大海》《去国行》等诗。

与《哀希腊》的任诞激越、笔酣墨饱不同，苏曼殊所译雪莱的《冬日》诗，则颇具王维松风水月、幽静寂寥意味：

孤鸟栖寒枝，悲鸣为其曹。
池水初结冰，冷风何萧萧。
荒林无宿叶，瘠土无卉苗。
万籁尽寥寂，惟闻喧桔槔。

胡适二十三岁时，不满苏曼殊译本，自译《哀希腊》，其第十五节曰：

注美酒兮盈杯！美人舞兮低徊！
眼波兮盈盈，一顾兮倾城。
对彼美兮，泪下不能已兮。
子兮子兮，胡为生儿为奴婢兮！

胡适日记谓“此章译者以为全篇最得意之作”。

光绪三十三年（1907），周作人在日本翻译英国哈葛德、安度阑合著小说《世界欲》，书中共录诗长短约二十首，其中的《厉祠》，为女神所唱的情歌，所译采用的是楚辞句式：

婉婉问欢兮，问欢情之向谁。
相思相失兮，惟夫君其有之。
载辞旧欢兮，梦痕溘其都尽。
载离长眠兮，为夫君而终醒。
恶梦袭斯匡床兮，深宵见兹大魅，
鬘汝欢以新生兮，兼幽情与古爱。
胡恶梦大魅为兮，惟圣且神，

相思相失兮，忍予死以待君。

《枕草子》第一段《四时情趣》起首四句，周作人译：“春天是破晓的时候最好。夏天是夜里最好。秋天是傍晚最好。冬天是早晨最好。”于雷译：“春天黎明最美。夏季夜色迷人。秋光最是薄暮。冬景尽在清晨。”林文月译：“春，曙为最。夏则夜。秋则黄昏。冬则晨朝。”三者相比，周译旨在白话诗格调，但少了韵律节奏，于译有形象美，却少了隽永之味，还是林译好，有古风，且精悍精炼。

1916年，陈独秀以骚体式翻译美国国歌《亚美利加》：

爱吾土兮自由乡，祖宗之所埋骨。

先民之所夸张，颂声作兮邦家光。

群山之限相低昂，自由之歌声抑扬。

1924年，印度诗人泰戈尔来华，姚华以诗与之交流，嗣后，姚将泰戈尔的《飞鸟集》以古体五言诗形式译作《五言飞鸟集》出版。学者叶恭绰作序道：“取印度诗人泰戈尔《飞鸟集》之集，而悉节为五绝者，此在吾国翻译界不能不谓异军特起。”集中录诗凡二百五十六首。

其一：

飞鸟鸣窗前，飞来复飞去。红叶了无言，飞落知何处。

其六：

白日既西匿，众星相代明。如何偏泪眼，独自拥愁城。

其十二：

无住海潮音，日夜作疑语。问天何言答，默默与终古。

其十八：

我身不自见，我见非真相。如将影悟身，谓身亦已妄。

匈牙利诗人裴多菲的诗作《自由与爱情》，于1929年被"左联五烈士"之一的殷夫翻译了过来：

生命诚可贵，爱情价更高。

若为自由故，两者皆可抛。

1940年，著名语言学家王力以王了一的笔名，翻译波德莱尔的《恶之花》。考虑到原作的格律相当严谨，而白话文又不足以传达其精妙处，遂以五言、七言古诗和乐府诗形式翻译《恶之花》，共计五十八首。其译《信天翁》如是：

海上有大鸟，名曰安巴铎。
海客好事者，捕养以为乐。
长随万里程，共逐风波恶。
可怜天外王，局促系绳索。

安巴铎即信天翁直音译。此译充满象征寓意与对比手法，颇具庄子笔力。

法学家吴经熊是位虔诚的基督徒，其20世纪40年代中期出版了翻译圣经《诗篇》的《圣咏译义初稿》，笔调直追诗经。他将大卫所言“人算什么，你竟顾念他？世人算什么，你竟眷顾他？你叫他比天使微小一点，并赐他荣耀尊贵为冠冕”，译作：

静观宇宙内，气象何辉煌。

瑞景灿中天，星月耀灵光。

何物渺渺身？乃系尔慈肠。

何物人世子？圣眷迥异常。

此等朗朗上口、老妪能吟的诗作，俨然白乐天等先哲所为，翻译到了这等程度，已为化境矣！没有学贯中西的才智，没有满腹珠玑的素养，恐难有这样的出手。当年的严复、林纾有这样的风采，后来的朱生豪、傅雷有这样的风采。林琴南与人合译小说，口述者未毕其词，而纾已书在纸，能一时许译就千言，不窜一字。林译《巴黎茶花女遗事》于光绪二十五年（1899）在福州畏庐刊行后，一时风行全国，洛阳纸贵。此乃中国介绍西洋小说的第一部，为国人见所未见。严复作《甲辰出都呈同里诸公》叹曰："可怜一卷茶花女，断尽支那荡子肠。"足见其"不胫走万本"之盛况。

1969年，林语堂与廖翠凤举行结婚五十周年庆典。林语堂为妻准备了一副金质手镯，上铸"金玉缘"三字，并刻了詹姆斯·惠特坎·李莱的不朽名诗《老情人》。林语堂将其译成中文五言诗：

同心相牵挂，一缕情依依。

岁月如梭逝，银丝鬓已稀。

幽冥倘异路，仙府应凄凄。

若欲开口笑，除非相见时。

到底是文章大家，林先生的如此译诗，后人再不会有了，类似者，殷夫的译诗也再不会有了。严复有信、达、雅“译事三难”之说，林语堂也有翻译艺术的“三说”：“第一是对原文文字上及内容上透彻的了解；第二是译者有相当的国文程度，能写清顺畅达的中文；第三是译事上的训练，译者对于翻译标准及手术的问题有正确的见解。”任鸿隽对科学翻译中的“雅”，曾提出过尖锐的反对意见，但对于文学作品，似乎未见异议。

“翻译是又一次创作”，即意译之所指。意译最见译者学养，而直译所见，重在技术。叶公超当年曾对学生讲：“庞德翻译中国的《诗经》，林琴南翻译西洋小说为中文，其中美妙传神处，可以拍案叫绝。虽然庞德本人并不十分了解中文，林氏不懂英、法原文，翻译时通过别人叙述情节，但一段情节还没有完结，林氏早就把那一段译文写得妥妥当当了，有时比原文还要通达简洁，真是了不起的事！”意译直译之是非高下，喋喋不休有年，似乎已成扞格不入争执，以我之拙眼陋见，科技类文献宜直译，文艺类作品意译为妙，诗歌尤如此。阿拉伯诗人阿多尼斯曾言：“叛逆是忠实的一部分。小说的译者不一定是小说家，但诗的译者最好是诗人，或具有诗性的翻译家。”1964年，中苏边界谈判，中方指责苏联方面贪得无厌，用了成语“得陇望蜀”。经翻译后，苏方代表顿时抗议，说中国人污蔑苏联对其甘肃、四川有领土野心。由此足见翻译之难，雅译尤不易。

文言衰因国衰

辛亥革命后，革除旧风，文言竟也在其列。

文言与白话的纷争，已历百年，其间的是非曲直，也已是既往之事，背时话题，无人再为之侧目。纷争的结局是拔山扛鼎、摧枯拉朽一边倒，待白话大势已立、天下同声之时，人们似乎又发现了文言的些许价值。当年反对文言，群起而攻之，置之死地而后快，其立足点为政治的反对封建、民生的普及教育，如今心仪文言，则在其文化的本体追述、历史的文献功效。鉴于此，有关文言与白话的议题时被提及，但文言已逝，背影依稀，尽管背影也绰约，洪钟绝响，仅留余音，却余音绕梁，不绝于耳。

往圣绝学、孔孟之道皆在文言，其大义内质、妙谛形式，今人已是隔岸观景，雾里看花，难得其真颜。现在也有行文言之文者，模仿而已，效法而已，有其形而无其骨血，见其色而没其气韵。有好事者将美国总统奥巴马在芝加哥的演讲，以文言翻译："芝城父老，别来无恙！（Hello, Chicago!）余尝闻世人有疑，不知当今美利坚凡事皆可成就耶？开国先贤之志方肖然于世耶？民主之伟力不减于昔年耶？凡存诸疑者，今夕当可释然。（*If there is anyone out there who still doubts that America is a place where all things are possible, who still wonders if the dream of our founders is alive in our time, who still questions the power of our democracy, tonight is your answer.*）今夕之释然，皆蒙美利坚民众之协力——学塾祠庙之外，市井乡野之间，万千父老心焦似焚，苦待竟日，愿献一票之力。其中，平生未尝涉国事者，数亦不少，而今有此义举，皆因一念不衰——今夫天下，非同既往，愿发吁天之声，必成动地之势……（*It's the answer told by lines that stretched around schools and churches in numbers this nation has never seen, by people who waited three hours and four hours, many for the first time in their lives, because they believed that this time must be different, that their voices could be that difference.*）"这让人想起了林琴南，他以桐城笔调译外国文学，玩索译本，默印心中，且能持原作情调，质西书疑义，被公认为中国近代文坛的译界泰斗。

叔本华《论读书》云："文艺界的情况与人世间相同：无论你向社会的哪个角落望去，都会看到无数愚民像苍蝇似的攒动，追污逐垢，在文艺界中，也有无数坏书，像蓬勃滋生的野草伤害五谷。这些书原是为贪图金钱、企求官职而写作的，却使读者浪费时间、金钱和精力。因此，它们不但无益，且为害甚大。”此为现代版的翻译，而周作人的文言翻译便典雅多了：“文字之域，芜杂不异人间。人若涉足尘世，当见顽愚群众，到处麇集，挠害万物，如夏日青蝇。惟恶书亦然，其在著作林中，若田有蔓草，夺良苗之膏泽而阻其长。是复垄断天下人之财货光阴精神知力，悉聚于己，使无暇以及他书。故庸劣之书，非特无用，且为大害。”

狄更斯《双城记》经典开篇云：“那是最美好的时代，那是最糟糕的时代；那是智慧的年头，那是愚昧的年头；那是信仰的时期，那是怀疑的时期；那是光明的季节，那是黑暗的季节；那是希望的春天，那是失望的冬天；我们拥有一切，我们一无所有；我们全都在直奔天堂，我们全都在直奔相反的方向。简而言之，那时跟现在非常相像，某些最喧嚣的权威坚持要用形容词的最高级来形容它。说它好，是最高级的；说它不好，也是最高级的。”20世纪初的佚名翻译家的译作是：“时之圣者也，时之凶者也。此亦蒙昧世，此亦智慧世。此亦光明时节，此亦黯淡时节。此亦笃信之年，此亦大惑之年。此亦多丽之阳春，此亦绝念之穷冬。人或万物俱备，人或一事无成。

我辈其青云直上，我辈其黄泉永坠。当时有识之士咸谓人间善恶或臻至极，亦必事有所本，势无可缩。但居之习之可也。”也具林风。

反对白话文的那批文化人，却是品得过其精髓的。当年陈独秀被聘北大文科学长，黄侃、马裕藻对此颇为不满，抱怨道：“陈独秀不过能写点笔记文，怎么能做文科学长。”校长蔡元培解释道：“仲甫精通训诂音韵之学，如何做不得学长？”所谓笔记文，即白话文，而蔡搬出小学范畴的“训诂音韵”，方使对方哑然。邓之诚的叔曾祖是曾任云贵和两广总督的邓廷桢。邓极不喜欢白话文，学生试卷中凡用“的”之处，他一律改成“之”。一日，他用沉重的西南官话道：“同学们，千万要听明白，城里面有个姓胡的，他叫胡适，他是专门地胡说。”黄侃在北大任教时，抨击白话文甚勤，每课必伐之，且占去一半的时间。一次，其当面责难胡适：“你口口声声要推广白话文，未必出于真心？”胡适不解其意，究其故。黄曰：“如果你身体力行的话，名字就不该叫胡适，应称‘往哪里去’才对。”胡适十分尴尬。一次，胡适以《胡适之》为题在北平某大学演讲：鄙人于五四运动时提倡白话文，章太炎则大骂之：“适之小子，你之名字，何不改为往哪里去？”听者哄然。又一次，黄讲课兴起之际，又谈起胡适与白话文：

“白话文与文言文孰优孰劣，毋费过多笔墨。比如胡适的妻子死了，家人发电报通知胡某本人，若用文言文，‘妻丧速归’即可；若用白话文，就要写‘你的太太死了，赶快回来呀’十一个字，其电报费要比用文言文贵两倍。”全场捧腹。胡适则针锋相对，1934年秋，他在北大讲课时大讲白话文的优点，那些醉心文言文的同学，不免萌生了抵触情绪。一位同学站起来声色俱厉地抗议：“胡先生，难道说白话文就没有缺点吗？”胡适冲着他微笑着说：“没有的。”那位同学更加激愤地反驳：“白话文语言不精练，打电报用字多，花钱多。”胡适扶扶眼镜柔声道：“不一定吧，前几天行政院有位朋友给我打来电报，邀我去做行政院秘书，我不愿从政，决定不去，为这件事我复电拒绝。复电是用白话写的，看来也很省字省钱。请同学们根据我这一意愿，用文言文编写一则复电，看看究竟是白话文省，还是文言文省？”胡适于课堂上令学生拟一拒聘电报，其中有一最简者为：“才疏学浅，恐难胜任，不堪从命。”而胡的白话稿为：“干不了，谢谢。”1946年，国民政府教育部部长朱家骅拍电报，欲请身在美国的赵元任出任中央大学校长，赵元任回电即是：“干不了。谢谢！”胡适带了一方鸡血石，前往京华印店刻章。老板王元中过举人，一直反对白话文。见胡适不请自来，想借机嘲讽一番。“胡博士想刻何字?”“刻‘胡适之印’即可。”“胡博士提倡白话文，怎么也用起之乎者也来?”胡笑而不答。三天后印章刻好，胡一看，刻的竟是“胡适的印”，令人哭笑不得。

面对强大的反对势力，白话文推广者不甘示弱，胡适在1917年5月发表《寄陈独秀》的信，信中有一段谈及林纾不懂文法：“林先生曰：‘呜呼！有清往矣！论文者独数方、姚，而攻掊之者麻起，而方、姚卒不之踣。’此中‘而方、姚卒不之踣’一句，不合文法，可谓不通。”《新青年》编委钱玄同、刘半农化名写文章在《新青年》发表，驳林琴南的复古谬论，胡适对此大加反感，认为“化名写这种游戏文章，不是正人君子做的”，且不许刘半农再编《新青年》。

胡适论曰：“文之优劣，原不在文白，在于修辞得当也。”但多数情况下不如此，“美目盼兮，巧笑倩兮”，白话翻译当是：美丽的双眸顾盼生辉，多情的笑容优雅灿烂；“记得绿罗裙，处处怜芳草”，白话翻译当是：永远记得你穿着绿裙子的倩影，自那以后每当看到同样颜色的绿草，就会勾起我爱的回忆。其中的微妙，大含细入，玄之又玄，只可意会，不可言传，白话无论如何是无法尽达的。臧克家在余心清家遇到李烈钧，臧对李说：“久仰了。”余介绍说：“这是新诗人臧克家先生。”李双眼紧闭，点头道：“唔，唔，大狗叫，小狗跳。”臧心中起火却又不好发作，后来臧对余说：“以后对不懂新诗的人，千万不要再作介绍了。”可见新诗在旧派人物心目中的地位。毛泽东当年就曾说过：“用白话写诗，几十年来迄无成功。现在的新诗，没有人读——除非给一百块大洋！”（见1978年1月号《诗刊》之《毛泽东给陈毅同志谈诗的一封信》）20世纪40年代，白话文已相当普及，马一浮倍感惆怅，叹息道：“日日学大众语亦是苦事，故在祖国而有居夷之感。”吴宓则在日记中捶胸顿足道：“文言废，汉字灭，今之中国真亡矣。”“以白话破灭中国文字之人，宓皆深恨之而欲尽杀之。”他们那一代人运用文言写作，乃习惯成自然。1918年1月，由陈家麟、陈大镫翻译的安徒生童话集《十之九》于中华书局出版时，仍采用文言；熊十力的《新唯识论》1932年以文言写就，1944年改作语体本再版；竭力反对文言的胡适，其《文学改良刍议》也以文言写就；邓拓的《中国救荒史》1932年亦文言写就，1957年改作语体本再版。

语言是历史的结果，它就是历史本身。我族有语有文，幸也，而多数民族有语无文。白话先于文言存在，后白话规范为文言，语与言的脱离，使一种表述能因亘古不移而隧穿时空，跨越地域，真乃伟大创举，语与言的分离由来已久，在地域阻隔、人民异俗的国度里，语殊别而言一致，若无此同，则会交流不畅，科举不行，国家不统，域内不一。语与言起初合拍合节，步调一致，可以“吾手写吾口”，然随着疆土拓展，四夷归顺，语随境设，莫测多端，表达歧而指称异，语与言的分离当属自然。其间，言之变迁缓，语之变化急，差别遂深，轩轾趋阔。其延续千年而地位至尊，国力强盛也。晚清以降，国势日衰而自信动摇，外强凌辱而束手无策，有病乱求医，在“打倒孔家店”的倾巢之下，“打倒文言”被裹胁而不得完卵，《新青年》便旗帜鲜明地喊出过“提倡白话文，反对文言文”的口号，白话遂又从文言分化而出。胡适认为：文言乃是一种半死的文字，白话是一种活的语言。凡文言之所长，白话皆有之。而白话之所长，文言未必能及。白话非文言之退化，乃文言之进化。半死的文字决不会产生一流的文学。然“中国传统中该变化的早就变了，不该变的永远都不会改变”（梁漱溟语），但愿语与言的变化也属“该变化”的，而“不该变化”的理性与持中，能在新的语境下，银镝急飞，熠熠生辉，但愿载道者，无论文言与白话。但事实是，远离了一种语境，此等语境下精确表达“人生向上、伦理情谊”的经典会被腰斩。情可无言喻，文期后世知，远离了此类经典之文，后世如何感知所言喻的情愫。震古烁今之著，补天浴日之作，无不以文言叙述，毕竟白话成主流，不过百年。

何以有那么多人赞成或反对文言，梁启超在《论中国群治不进之原因》一文中辨清了其关系："言文合，则言增而文与之俱增，一新名物新意境出，而即有一新文字以应之，新新相引而日进焉。言文分，则言日增而文不增，或受其新者而不能解，或解矣而不能达，故虽有方新之机，亦不得不窒。其为害一也。言文合，则但能通今文者，已可得普通之智识，其古文之学，如泰西之希腊罗马文字。待诸专门名家者之讨求而已，故能操语者即能读书，而人生必需之常识，可以普及。言文分，则非多读古书通古义，不足以语于学问，故近数百年来学者，往往瘁毕生精力于《说文》《尔雅》之学，无余裕以从事于实用，夫亦有不得不然者也。其为害二也。且言文合而主衍声者，识其二三十之字母，通其连缀之法，则望文而可得其音，闻音而可解其义。言文分而主衍形者，则《苍颉篇》三千字，斯为字母者三千，《说文》九千字，斯为字母者九千，《康熙字典》四万字，斯为字母者四万，夫学二三十之字母与学三千、九千、四万之字母，其难易相去何如？故泰西、日本妇孺可以操笔札，车夫可以读新闻。而吾中国或有就学十年，而冬烘之头脑如故也。其为害三也。"

言之成理，持之有故，文言以前是所有读书人的普遍掌握，目前则成了专门学问，如同毛笔是过去唯一的书写工具，而现在则成了书家的专项技艺。蔡元培1919年在北京女子高等师范学校发表的《国文之将来》演讲中说："我敢断定白话派一定占优胜，但文言是否绝对的被排斥，尚是一个问题。照我的观察，将来应用文，一定用白话，但美术文，或者有一部分仍用文言。"叶圣陶曾比喻文言与白话间的关系：如果把中国语言比作一把折扇，文言文相当于扇轴上面的主体部分，而白话文仅是扇轴下部的扇尾，两者在数量、质量上皆不可同日而语。大道通天，各走半边，在崇白话、废文言的大态势下，这样的表述已算公允。白话文运动中，多数文言文的受益者对其种种好处只字不提，反贬之为"桐城妖孽，文选谬种"，文言文就像瘟疫一般，让人唯恐避之不及，连鲁迅这样的睿者也说出了"青年人不要读古书"之类的话。白话文可以开启民智，引进科学，文言文何不能，这样的反诘只有待到国力复兴、自信充足时，方敢启齿。有了白话文，就能有德先生赛先生？未必！

有文言功底者，可作精妙白话文，反之则不然。辜鸿铭反对白话文，曾作白话诗一首："监生拜孔子，孔子吓一跳。孔教拜孔子，孔子要上吊。"然后笑问胡适："胡先生，我的白话诗好不好？"胡微然一笑，不置可否。章太炎也反对白话文，一次谈到白话诗时说："诗至清末，穷极矣。穷则变，变则通；我们在此若不向上努力，便要向下堕落。所谓向上努力，就是直追汉晋，所谓向下堕落，就是近代的白话诗，诸君将何去何从？”但他却有白话文作品《章太炎的白话文》，这是他1909年至1910年间在日本东京对中国留学生所作的一系列白话演讲录之汇编。他的白话文全不似他的文言那么难读，嬉笑怒骂，皆成文章。试看以下一段他讥讽日本学者的话：“有一位什么博士，做一部《支那哲学史》，把九流的话，随意敷衍几句，只像《西游记》说的猪八戒吃人参果，没有嚼着味，就囫囵吞下去；那边的人，自己有一句掩饰的话，说我们看汉土的书籍，只求它的义，不求它的文。这句话只好骗骗小孩儿。仔细说来，读别国的书，不懂它的文，断不能懂它的义。假如有人不懂德国文字，说我深懂康德的哲学，这句话还入耳么？”（《留学的目的和方法》）章士钊以古文雄词立于世，常贬胡适的白话为浅薄。1925年2月，胡适在撷英饭馆遇章士钊，因晤谈颇洽，乃合摄一影，各题诗词留念，章士钊竟用白话，胡适则用文言。章诗云：“你姓胡来我姓章，你讲什么新文学，我开口还是我的老腔。你不攻来我不驳，双双并坐各有各的心肠。将来三五十年后，这个相片好做文学纪念看。哈哈，我写白话歪词送把你，总算是俺老章投了降。”胡诗云：“但开风气不为师，龚生此言吾最喜。同是曾开风气人，愿常相亲不相鄙。”胡适的新诗尝试，多数有形无神，味同嚼蜡，但有些确实不错，如《如梦令》：“天上风吹云破，月照我们两个。问你去年时，为甚闭门深躲？谁躲？谁躲？那是去年的我！”未尝依傍门户，浑是一派天真，文言的底子亦厚。

《中国小说史略》日译者增田涉在《鲁迅的印象》中透露，当年他曾就《史略》为何以古文成书请教鲁迅，得到的答复是：“因为有人讲坏话说，现在的作家因为不会写古文，所以才写白话。为了要使他们知道他也能写古文，便那样写了；加以古文还能写得简洁些。”《史略·序言》所谓“又虑钞者之劳也，乃复缩为文言”的说法，恐不属实情。

无锡名画家吴观岱因患霍乱去世，提倡文言文的吴稚晖竟写了一副白话文的挽联：“何物鹄列拉的微生虫，竟挈阿兄老命而跑，空想一支秃笔，信今传后，就写成顾虎头、倪云林，亦徒为无锡艺术志中，增加篇幅，于大家谈谈笑笑，终归完了；可恨驹过隙般短身世，难留胜会群贤之盛，伤心七尺桐棺，闭目埋忧，只剩有孙来鹤，廉潭拓，尽还将北平石板房里，共历兴亡，向四方惨惨切切，诉说从前。”又农历中元节，江南俗例有盂兰盛会，吴稚晖尝有联云：“替鬼化缘，或拜张，或拜李，拾芝麻凑斗；随人作福，不争多，不嫌少，尽蜡烛念经。”喻血轮《绮情楼杂记》为此评价道：“有人谓稚老所作白话文，骤视之，若几岁小儿亦能道出，细读之，则非苦读三十年不能道其只字，诚确论也。”

胡适于1929年“人权运动”中发表长文《新文化运动与国民党》，语气激昂，义愤填膺，从文化复古、压制思想自由等方面论证了国民党之“反动”：“我们至少要期望一个革命政府成立之日就宣布一切法令公文都改用国语（指白话文）。但是国民党当国已近两年了，到了今日，我们还不得不读骈文的函电，古文的宣言，文言的日报，文言的法令！”并指出“至少从新文化运动的立场看来，国民党是反动的”。文章最后要求“废止一切‘鬼话文’的公文法令，改用国语”，“通令全国日报，新闻论说一律改用白话”。1930年2月，教育部即奉国民党中执会指令，通令全国厉行国语教育，且通令本身也改用了白话文。此举动，无疑是国民政府对胡适雄文做出的反应，白话文战胜文言文，胜利者胡适还是借助非文化的行为，干预了文化，多少有些不合文化的规律，也不光彩，道义上输了。

黄侃曾对弟子陆宗达说：“我要坚守自己的主张，我是不能写白话文的。但你要写好白话文啊，将来是人人都得用白话文写作的。”一生固执于文言、顽梗于文言的黄侃也看出了这一点。至20世纪40年代，时人已不再学四书五经。提倡白话文，但不排斥文言文，似乎是两厢都不得罪的折中主张，但百年经历证明，事实并非如此，提倡白话，主张文言，往往成了学界的政治立场，含糊不得。林纾于弥留之际，颤抖着在儿子手心写下最后的叮嘱："古文万无灭亡之理，其勿怠而修。"然此后众人皆弃之如敝屣，睨之如秕糠，再无善待文言者也。新中国成立后陈垣曾给胡适写公开信，劝其回大陆。胡看后笑笑，不敢相信那是陈写的，理由是"陈垣不会写白话文"。但时代真的变了，曩日坚决抵制白话文的老先生们，新中国成立后都自觉地转移到了白话文阵营，但此时白话文阵营的旗手胡适却已成了敌人。

有人不敢想象一篇科技论文用文言文写作，会是一种什么样子。但若以英文书写，何以普遍接受，因为众人皆以此为约定语言。若今日世界文化主流不在西方，而在我方，科技论文无疑就是文言，体例无外《齐民要术》《梦溪笔谈》，形制大概《洗冤集录》《本草纲目》。昔时，日本、朝鲜、越南、琉球学者与中土人士音虽不通，却仍以作汉诗为高学养之能事。文言文之衰，归根结底因国力之衰所致。

校歌荡漾的余音

五岳苍苍，河水汤汤，中华屹然立东方。
夏商周秦，汉魏隋唐，中华历史悠且长。
森林莽莽，兰芷芬芳，中华大地好风光。
堂堂皇皇，容止汪洋，中华自古礼仪邦。
四时更张，东升朝阳，中华风雨国运昌。
乾坤朗朗，灿烂未央，中华巍巍寿无疆。

这是我先前模仿民国时期大学校歌撰写的《中华未央歌》。

清末，废科举，兴学堂，仿照西式教育模式的新式教育开始在全国统一推行，各类学校纷起。随着新式学堂的建立，学堂乐歌兴起，并由学堂乐歌而校歌。校歌之于学校，如同国歌之于的国家，乃学校精神的集中体现，并代表各校的特点。类似岳麓书院“忠孝廉节”的校训既有，但校歌却是全新的。因为新，没有可资借鉴的模式，故创作起来各具特色。这些校歌中，又以大学校歌最为优异。

北洋大学创办于光绪二十一年（1895），其校歌歌词：

花堤蔼蔼，北运滔滔，巍巍学府北洋高。悠长称历史，建设为同胞，不从纸上逞空谈，要实地把中华改造。穷学理，振科工，重实验，薄雕虫。望前驱之英华卓荦，应后起之努力追踪，念过去之艰难缔造，愿一心一德共扬校誉于无穷。

这样的句式，显然是受到范仲淹《严先生祠堂记》“云山苍苍，江水泱泱，先生之风，山高水长”的影响。

南洋公学于宣统元年（1909）即有了由校长唐文治作词的校歌：

珠光灿，青龙飞，美哉吾国徽，醒狮起，搏大地，壮哉吾校旗。

愿吾师生全体，明白旗中意，既醒勿睡，既明勿昧，精神常提起。

实心实力求实学，实心实力务实业，光辉吾国徽，便是光辉吾校旗。

光绪二十三年（1897），南洋公学总教习张焕纶为南洋公学师范院作院歌一首，师范生张惕铭、姚立人、沈庆鸿共同为之谱曲。这是交大历史上第一首校歌，也是中国最早的几首大学校歌之一。歌词旨在痛诉国难家仇，鼓舞青年发奋进取，救国图存：

警！警！警！黑种奴，红种烬，黄种酣眠鼾未竟。毋依冰作山，勿饮鸩如酝；焚屋漏舟乐未央，八百兆人，瞥眼同一阱。醒！醒！醒！

警！警！警！胚羲轩，乳孔孟，神明摇落今何剩？碧眼红髯，仿佛流风韵；不耻为之奴，转耻相师证，漫漫万古如长暝。醒！醒！醒！

警！警！警！野吞声，朝饮恨，百年养士期何称。毋谓藐藐躬，只手擎天臂一振；毋谓藐藐童，桃李成荫眼一瞬，自觉觉人、不任将谁任？醒！醒！醒！

警！警！警！水东流，日西轫，朱颜弹指成霜鬓。策驽马，追八骏，九逵之衢苦不迅。矧乃縆藤凿迁径，玩物愒时，买椟珠谁问？醒！醒！醒！

宣统元年（1909），唐文治校长重拟校歌：

珠光灿青龙飞，美哉吾国徽；醒狮起搏大地，壮哉吾校旗。

愿吾师生全体，明白旗中意，既醒勿睡，既明勿昧，精神常提起。

实心实力求实学，实心实力务实业，光辉吾国徽，便是光辉吾校旗。

1921年学校划归交通部主管，改名为“交通部专门工业学校”即“交通大学”。1943年，《四十七周年校庆纪念刊》刊登了音乐教育家萧友梅谱曲的《国立交通大学校歌》，词作者为当时的校国文系主任陈柱：

美哉吾校，真理之花，青年之楷模，邦国之荣华。
校旗飘扬，与日俱长，为世界之光，为世界之美。
美哉吾校，鼓舞群伦，启发我睿智，激励我热忱。
英俊济跄，经营四方，为世界之光，为世界之光。
美哉吾校，性灵泉源，科学之奥府，艺术之林园。
实业扩张，进步无疆，为世界之光，为世界之光。

美哉吾校，灿烂文化，实学培国本，民族得中兴。

宇土茫茫，山高水长，为世界之光，为世界之光。

创作于1916年前后的南京高等师范学校（南京大学前身）校歌，由该校首任校长江谦作词，李叔同制谱：

大哉一诚天下动，如鼎三足兮，曰知、曰仁、曰勇。

千圣会归兮，集成于孔。下开万代旁万方兮，一趋兮同。

踵海西上兮，江东；巍峨北极兮，金城之中。

天开教泽兮，吾道无穷；吾愿无穷兮，如日方暾。

1917年12月17日，北京大学二十周年校庆时，演唱了文科教授吴梅所作的北大二十周年纪念歌：

朴棫乐英材，诚语同侪，追想逊清时创立此堂斋。景山丽日开，旧家主第门程改，春明起讲台，春风尽异才。

沧海动风雷，弦诵无妨碍。到如今费多少桃李栽培，喜此时幸遇先生蔡，从头细揣算，匆匆岁月，已是廿年来。

期间，吴梅同时还写了一首北大校歌：

景山门启，鳣帷成均，又新弦诵一堂春。破朝昏，鸡鸣风雨相亲。

致分科有东西，秘文，论，同堂尽，南北儒珍珍重读书身，莫白了青春双鬓。

男儿自有真，谁不是良时豪俊，待培养出文章气节少年人。

校庆纪念歌虽脍炙人口，为人所喜，但词中的“喜此时幸遇先生蔡”之句，不为校长蔡元培所允。1921年11月9日，北大召开第一次评议会，对此事进行评议，11月11日出版的《北京大学日刊》刊登了《校长布告》：“本校二十周年纪念会歌，不能作为本校校歌。本校暂不制校歌。”此后，北大再未议制作校歌之事。北京大学百年校庆时，有人归纳了三大遗憾，其中之一便是没有一首能够代表其精神的校歌。

武汉大学前身是国立武昌高等师范学校，其校歌于1919年在张渲校长主持下完成，作者不详。

乾坤清旷，师儒道光，国学建武昌。
镜湖枕麓，屏城襟江，灵秀萃诸方。
东西南朔，多士跄跄，教学益相彰。
朴诚有勇，陶铸一堂，学盛国斯强。

1928年定名国立武汉大学后的新校歌为：

黄鹄一举兮，知山川之纡曲，朝斯夕斯，日就月将。再举兮，知天地之圆方，念茫茫宇合，悠悠文物。

选珞珈胜处，学子与翱翔，任重道远，来日亦何长。学子与翱翔，努力崇明德，藏焉、修焉、息焉、游焉，及时爱景光。

南开大学诞生于1919年初。此时，张伯苓校长从美国哥伦比亚大学留学回校后，即请音乐教员孙润生审定一歌，为“于聚会之时，千人合唱，以期神会而铸就南开真精神”，曲子借用西方的圣诞之歌：

渤海之滨，白河之津，巍巍我南开精神。
汲汲骎骎，月异日新，发煌我前途无垠。

美哉大仁，智勇真纯，以铸以陶，文质彬彬。

渤海之滨，白河之津，巍巍我南开精神。

中山大学于1924年成立时，其校歌由中山大学首任校长邹鲁作词，陈洪作曲：

白云山高，珠江水长。吾校矗立，蔚为国光。

中山手创，遗泽余芳。博学审问，慎思不罔。

明辨笃行，为国栋梁。莘莘学子，济济一堂。

学以致用，不息自强。发扬光大，贯彻主张。

振兴中华，永志勿忘。

陈嘉庚在筹办厦大之时，即发表了“筹办厦门大学演词”，1921年4月6日在举行建校仪式当日，陈嘉庚公布了郑贞文作词、赵元任谱曲的校歌：

自强！自强！学海何洋洋！谁欤操钥发其藏？鹭江深且长，致吾知于无央。吁嗟乎！南方之强！吁嗟乎！南方之强！

自强！自强！人生何茫茫！谁欤普渡驾慈航？鹭江深

且长，充吾爱于无疆。吁嗟乎！南方之强！吁嗟乎！南方之强！

国立北平师范大学校歌创作于1923年，由范源廉作词、冯孝作曲：

往者文化世所宗，将来事业更无穷，开来继往师道贯其中，师道，师道，谁与立？责无旁贷在藐躬。皇皇兮故都，巍巍兮学府，一堂相聚志相同，朝研夕讨乐融融。弘我教化，昌我民智，共矢此愿务成功。

沪江大学（上海理工大学前身）校歌创作于1923年：

我来我校，时曰沪江，共高歌乐赞扬，赞扬之声，遍于四方，我爱我校，爰升其堂，唯我母校，信义勤爱，赞扬母校荣光，使我学行，罔或不臧，增荣名仰沪江。

1925年，由刘大白作词、丰子恺作曲创作了复旦大学校歌：

复旦复旦旦复旦，巍巍学府文章焕，学术独立思想自由，政罗教网无羁绊，无羁绊前程远，向前，向前，向前进展。复旦复旦旦复旦，日月光华同灿烂。

复旦复旦旦复旦，师生一德精神贯，巩固学校维护国家，先忧后乐交相勉，交相勉前程远，向前，向前，向前进展。复旦复旦旦复旦，日月光华同灿烂。

复旦复旦旦复旦，沪滨屹立东南冠，作育国士恢廓学风，震欧铄美声名满，声名满前程远，向前，向前，向前进展，复旦复旦旦复旦，日月光华同灿烂。

清华大学创建之初，曾由外籍教师创作了一首英文歌词的校歌。1925年贺麟在《清华周刊》上撰文指出："我根本认为清华的英文校歌不能代表清华的精神，更不能代表中国文化的精神。我仔细一想，原来此歌是一位美国女士做的，才恍然觉悟此歌原来是代表很幼稚的美国化。……而此种美国化，又不是我们所需要的。"正是在这种背景下，学校公开征集校歌，汪鸾翔先生应征的歌词，经校内外名人评审入选。

西山苍苍，东海茫茫，吾校庄严，岿然中央，东西文化，荟萃一堂，大同爰跻，祖国以光。莘莘学子来远方，莘莘学子来远方，春风化雨乐未央，行健不息须自强。自强，自强，行健不息须自强！自强，自强，行健不息须自强！

左图右史，邺架巍巍，致知穷理，学古探微，新旧合冶，殊途同归，肴核仁义，闻道日肥。服膺守善心无违，服膺守善心无违，海能卑下众水归，学问笃实生光辉。光辉，光辉，学问笃实生光辉！光辉，光辉，学问笃实生光辉！

器识为先，文艺其从，立德立言，无问西东，孰介绍是，吾校之功，同仁一视，泱泱大风。水木清华众秀钟，水木清华众秀钟，万悃如一矢以忠，赫赫吾校名无穷。无穷，无穷，赫赫吾校名无穷！无穷，无穷，赫赫吾校名无穷！

同济大学校歌创作于1927年，当时只有前两段，1937年由易韦斋增加了第三段。

好一片中华大地，不振兴工艺，真可惜，真可惜。同有耳目，同有手足，同有心思才力，不做工负了好教育。勤劳，诚毅，提携我中华国民，同舟共济，同舟共济，振兴工艺。

好一片中华大地，不健康身体，真可惜，真可惜。同有心腹，同有肌肉，同有起居饮食，不学医负了好教育。慈爱，仁义，扶持我中华国民，同舟共济，同舟共济，健康身体。

好一片中华大地，不格物穷理，真可惜，真可惜。同有头脑，同有智慧，同有星辰空气，不学理负了好教育。明彻，清晰，训练我中华国民，同舟共济，同舟共济，格物穷理。

1928年，东北易帜不久，东北大学六周年校庆前夕，校长张学良盛邀诗人教授刘半农、音乐家赵元任创作了东北大学校歌：

白山兮高高，黑水兮滔滔。有此山川之伟大，故生民质朴而雄豪；地所产者丰且美，俗所习者勤与劳；愿以此为基础，应世界进化之洪潮。沐三民主义之圣化，仰青天白日之昭昭。

痛国难之未已，恒怒火之中烧。东夷兮狡诈，北虏兮矫骁，灼灼兮其目，霍霍兮其刀，苟捍卫之不力，宁宰割之能逃？惟卧薪而尝胆，庶雪耻于一朝。

唯知行合一方为责，无取乎空论之滔滔，唯积学养气可致用，无取乎狂热之呼号。其自迩以行远，其自卑以登高。

爱校、爱乡、爱国、爱人类，期终达于世界大同之目标。使命如此其重大，能不奋勉乎吾曹，能不奋勉乎吾曹。

金陵大学校歌创作于1930年，由胡小石作词：

大江滔滔东入海，我居江东，石城虎踞山蟠龙，我当其中。三院嵯峨，艺术之宫，文理与林农，思如潮，气如虹，永为南国雄。

东吴大学校歌创作于1935年：

葑溪之西，胥江之东，广厦万间崇。凭栏四望，虎嘐金鸡，一例眼球笼。皇皇母校，共被光荣，羡我羽毛丰。同门兄弟，暮云春树，记取古东吴。

天涯昆弟，一旦相逢，话旧故乡同。相期努力，敬教劝学，分校遍西东。东吴东吴，人中鸾凤，世界同推重。山负海涵，春华秋实，声教暨寰中。

20世纪30年代，湖南大学校歌由第三任校长胡庶华作词，著名音乐教育家萧友梅作曲：

麓山巍巍，湘水泱泱，宏开学府，济济沧沧，承朱张之绪，取欧美之长，华与实兮并茂，兰与芷兮齐芳，楚材蔚起奋志安壤。振我民族，扬我国光。

北大、清华、南开三校南迁，于昆明合立西南联合大学。1938年10月6日，联大成立了编制校歌、校训委员会，聘冯友兰、朱自清、罗常培、罗庸、闻一多为委员，并请冯友兰为该会主席。经过反复讨论，到1939年6月30日，校歌委员会通过了以罗庸作词、张清常作曲的《满江红》为校歌方案的西南联大校歌。但编制校歌校训委员会决定采用这篇歌词作为校歌时，为含蓄起见，将歌词中的“倭虏”改为“仇寇”。此歌一出，赞声一片，被认为是岳飞《满江红》八百年后的新版。

万里长征，辞却了五朝宫阙。暂驻足衡山湘水，又成别离。绝徼移栽桢干质，九州遍洒黎元血。尽笳吹弦诵在山城，情弥切！

千秋耻，终当雪，中兴业，须人杰。便一成三户，壮怀难折。多难殷忧新国运，动心忍性希前哲。待驱除仇寇复神京，还燕碣。

浙江大学校歌原名《大不自多》，作于1938年，由国学大师马一浮作词，应尚能谱曲：

大不自多，海纳江河。惟学无际，际于天地。形上谓道兮，形下谓器。礼主别异兮，乐主和同。知其不二兮，尔听斯聪！

国有成均，在浙之滨。昔言求是，实启尔求真。习坎示教，始见经纶。无曰已是，无曰遂真。靡革匪因，靡故匪新。何以新之？开物前民。嗟尔髦士，尚其有闻。

念哉典学，思睿观通。有文有质，有农有工。兼总条贯，知至知终。成章乃达，若金之在熔。尚亨于野，无吝于宗。树我邦国，天下来同。

1938年11月24日，云南大学举行改为国立后的第一次开学典礼。校长熊庆来心中的激情难以遏止，遂亲自作词校歌：

太华巍巍，拔海千寻；滇池淼淼，万山为襟。卓哉吾校，其与同高深。北极低悬赤道近，节候宜物复宜人。四时读书好，探研境界更无垠。努力求新，以作我民；努力求真，文明允臻。以作我民，文明允臻。

抗战爆发后，河南大学几经辗转搬迁，最后停留在伏牛山深处的嵩县潍头镇，办学达五年之久。在抗战最为艰苦时刻，河大决定创作校歌，利用歌曲形式，凝聚师生，鼓舞斗志，弘扬学术，坚持办学。1940年，由时任文学院院长的嵇文甫作词、陈梓北谱曲的河南大学校歌诞生了。其曰：

嵩岳苍苍，河水泱泱，中原文化悠且长。

济济多士，风雨一堂，继往开来扬辉光。

四郊多垒，国仇难忘，民主是式，科学允张，猗欤吾校永无疆，猗欤吾校永无疆。

民国之后，白话得以普遍推广，但在正式场合，仍以文言为重。也因文言表述，微言大义，精深切要，意韵无穷，耐人寻味。无论配乐如何，但这些歌词皆为一流学者的精心之作。虽曰引据大义，正之经典，但其音律协和，意蕴深远，远非浅显白话所能及，其与大学浓郁的文化气氛也十分的协调。

西南联大在征集校歌时，冯友兰写了白话体的歌词：“西山苍苍，滇水茫茫，这已不是渤海太行，这已不是衡岳潇湘。同学们，莫忘记失掉的家乡，莫辜负伟大的时代，莫耽误宝贵的辰光。赶紧学习，赶紧准备，抗战建国都要我们担当。同学们，要利用宝贵的辰光，要创造伟大的时代，要恢复失掉的家乡。”但在校歌校训委员会讨论校歌歌词时，一致同意选用罗庸的文言歌词。冯在此事上有所悟，后来在撰写国立西南联合大学纪念碑时，毫不犹豫地采用了文言体，被认为是民国时期最精彩的一段碑文。

刘半农是白话运动的极端倡导者，在他和赵元任合作的现代歌曲中，其歌词无一例外都以白话写就，但在被邀创作东北大学校歌时，却违背己之一贯主张，写出了文言的歌词，似乎只有这样，才能载负起厚重的历史感。刘半农撰写文言，说明其古文底子也不薄，撰写文言校歌，是校歌的固定格式惯然，还是白话的局限使然？只有刘半农心里最清楚，只是没有说出。类似的例子还有复旦大学校歌，歌词由著名白话诗人刘大白创作，亦文言。

文言歌词，蔚然时尚。1911年，上海革命军外交总代表伍廷芳、上海军政府民政长官李平书在上海张氏味莼园发起禁戒纸烟大会，许多社会名流响应。当时还创作了戒烟歌：“纸烟纸烟，害人不浅。精神钱财，损伤胜鸦片。劝同胞快快戒吸纸卷烟；纸烟不吸，空气清新人不厌，纸烟不吸，名誉保全谁敢轻贱?”思路与校歌同出一辙，此即校歌产生的大环境。

民国三碑

丰碑或以巨硕或以威武醒目，名碑或以撰文或以书法赫然。以撰文流传者，民国以来著名者有三，一为陈寅恪先生的《王观堂先生纪念碑》，一为冯友兰先生的《国立西南联合大学纪念碑》，一为胡适先生的《中华民国华北军第七军团第五十九军抗日战死将士公墓碑》。

1927年6月，王国维在留下“经此世变，义无再辱”的遗书后，投颐和园昆明湖自尽。两年后，清华大学请同为“四大导师”之一的陈寅恪为其撰写碑文。“我当时是清华国学院导师，认为王国维是近世学术界最重要的人物，故撰文来昭示天下后世研究学问的人，特别是研究史学的人。”碑文不长：

海宁王先生自沉后二年，清华研究院同人咸怀思不能自已。其弟子受先生之陶冶煦育者有年，尤思有以永其念。佥曰：宜铭之贞珉，以昭示于无竟。因以刻石之词命寅恪，数辞不获已，谨举先生之志事，以普告天下后世。其词曰：士之读书治学，盖将以脱心志于俗谛之桎梏，真理因得以发扬。思想而不自由，毋宁死耳。斯古今仁圣所同殉之精义，夫岂庸鄙之敢望。先生以一死见其独立自由之意志，非所论于一人之恩怨，一姓之兴亡。呜呼！树兹石于讲舍，系哀思而不忘。表哲人之奇节，诉真宰之茫茫。来世不可知者也，先生之著述，或有时而不章。先生之学说，或有时而可商。惟此独立之精神，自由之思想，历千万祀，与天壤而同久，共三光而永光。

1953年，中央决定任命陈寅恪为中国科学院历史研究所第二所（中古史研究所）所长，派陈的学生汪篯送信给当时任教广州中山大学的陈寅恪，12月1日，陈口述了声明式的《对科学院的答复》。答复特别对纪念碑中“士之读书治学，盖将以脱心志于俗谛之桎梏”句做了解释：

我的思想，我的主张完全见于我所写的王国维纪念碑中。王国维死后，学生刘节等请我撰文纪念。当时正值国民党统一时，立碑时间有年月可查。在当时，清华校长是罗家伦，是二陈（C.C.）派去的，众所周知。我当时是清华研究院导师，认为王国维是近世学术界最主要的人物，故撰文来昭示天下后世研究学问的人，特别是研究史学的人。我认为研究学术，最主要的是要具有自由的意志和独立的精神。所以我说“士之读书治学，盖将以脱心志于俗谛之桎梏”。“俗谛”在当时即指三民主义而言。必须脱掉俗谛之桎梏，真理才能发扬。受“俗谛之桎梏”，没有自由思想，没有独立精神，即不能发扬真理，即不能研究学术。学说有错误是可以商量的，我对于王国维也是如此。王国维的学说中，也有错的，如关于蒙古史上的一些问题，我认为就可以商量。我的学说也有错误，也可以商量。个人之间的争吵，不必芥蒂，我你都应该如此。我写给王国维的文中，中间骂了梁任公，给梁任公看，梁只笑了笑，不以为芥蒂，我对胡适也骂过。但对于独立精神，自由思想，我认为是最重要的，所以我说：“唯此独立之精神，自由之思想，历千万祀，与天壤而同久，共三光而永光。”我认为王国维之死，不关与罗振玉之恩怨，不关满清之灭亡，其一死乃以见其独立自由之意志。独立精神和自由思想是必须争的，且须以生死力争。正如碑文所示“思想不自由，毋宁死耳，斯古今仁圣所同殉之精义，夫岂庸鄙之敢望”。一切都是小事，唯此是大事。碑文中所持之宗旨，至今并未改易。

《国立西南联合大学纪念碑》由冯友兰撰文，闻一多篆额，罗庸书丹，其树立于西南联大正式解散的1946年5月4日。碑文洋洋1178字，概述了联大从建立至解散的全过程。但精彩在碑文的后半部：

> 我国家以世界之古国，居东亚之天府，本应绍汉唐之遗烈，作并世之先进，将来建国完成，必于世界历史居独特之地位。盖并世列强，虽新而不古；希腊罗马，有古而无今。惟我国家，亘古亘今，亦新亦旧，斯所谓“周虽旧邦，其命维新”者也！旷代之伟业，八年之抗战已开其规模、立其基础。今日之胜利，于我国家有旋乾转坤之功，而联合大学之使命，与抗战相终始，此其可纪念者一也。文人相轻，自古而然，昔人所言，今有同慨。三校有不同之历史，各异之学风，八年之久，合作无间，同无妨异，异不害同，五色交辉，相得益彰，八音合奏，终和且平，此其可纪念者二也。万物并育而不相害，天道并行而不相悖，小德川流，大德敦化，此天地之所以为大。斯虽先民之恒言，实为民主之真谛。联合大学以其兼容并包之精

神，转移社会一时之风气，内树学术自由之规模，外来民主堡垒之称号，违千夫之诺诺，作一士之谔谔，此其可纪念者三也。

稽之往史，我民族若不能立足于中原、偏安江表，称曰南渡。南渡之人，未有能北返者。晋人南渡，其例一也；宋人南渡，其例二也；明人南渡，其例三也。风景不殊，晋人之深悲：还我河山，宋人之虚愿。吾人为第四次之南渡，乃能于不十年间，收恢复之全功，庾信不哀江南，杜甫喜收蓟北，此其可纪念者四也。

精彩，确实精彩！古今一贯，血色苍茫，首尾呼应，萧然中立，真乃大师手笔加大师血泪之绝唱也，重要的是西南联大所代表的学术自由精神在此被一语道破。“联合大学之始终，岂非一代之盛事，旷百世而难遇者哉！”

《中华民国华北军第七军团第五十九军抗日战死将士公墓碑》由胡适撰文，钱玄同书写。1933年3月，日军占领热河，全国惊动。其间，中国军队在长城一线奋起抵抗，傅作义率部在怀柔一带面对两倍于己，且有飞机、重炮等现代化武器装备的敌人，前仆后继，拼死拦击，场面之惨烈令人惊骇，牺牲之巨大令人痛心。此次战役我方战死官兵367人，伤284人。至5

月，塘沽停战协定签署后，傅派人搜得烈士尸首203具，悉数运回绥远，入棺木，衣殓服，公葬于大青山下，并树碑纪念。受傅嘱托，胡适为之撰写碑文。碑文详述了战事的前因后果，平实难掩悲愤，心潮几欲澎湃，且以其倡导并擅长的白话文写就。白话入碑，千古开篇，其赞词也为白话：

这里长眠的是二百零三个中国好男子！
他们把他们的生命献给了他们的祖国。
我们和我们的子孙来这里凭吊敬礼的，
要想想我们应该用什么报答他们的血！

1935年，《何梅协定》签署，胡适得知此消息后，悲愤交集，提笔写下了《大青山公墓碑》一诗："雾散云开自有时，暂时埋没不须悲。青山待我重来日，大写青山第二碑。"

1962年2月24日，胡适逝世后，台北的中央研究院为其树碑，他身后赢得的也是一块白话碑，碑文由原北大同事、时任中央研究院评议员的毛子水所撰："这是胡适先生的墓。这个为学术和文化的进步，为人类的幸福而苦心焦思，敝精劳神以致身死的人，现在在这里安息了！我们相信，形骸终要化灭，陵谷也会变易，但现在墓中这位哲人所给予世界的光明，将永远存在。”以白话文为这位终身提倡白话者撰文，恰如其分，相得益彰，既明志也寓意。

三碑固然为名士所撰，然其流传还在于所述之信实质朴，且有见地，坦诚磊落，恰如其分。说的虽是碑中人碑中事，抒的却是己之胸臆己之心曲，看似概括，实则流连于节点而琐叙，看似扼要，实则失当于纤悉能透辟。碑者，悲也，由衷而起，悲从中来，故怜之切，悲之切也，恤之切，悲之切也。古之名士如韩愈、苏轼等多有碑文撰写，却因获润而谀辞，而溢美有加，落实无着，冗赘有余，把握何处，终未有流传者矣。

挽赞中的大度

《洛阳伽蓝记》载后魏隐士赵逸，答好事者语云："生时中庸之人耳。及其死也，碑文墓志，莫不穷天地之大德，尽生民之能事，为君共尧舜连衡，为臣与伊吕等迹。牧民之官，浮虎慕其清尘，执法之吏，埋轮谢其梗直。所谓生为盗跖，死为夷齐，妄言伤正，华词损实。当时构文之士，惭逸此言。"有条不成文，有俗不成约，墓铭然，挽赞亦然。辞章之中，挽赞当数特别一类。既挽，乃生者对逝者的缅怀追想、显扬评价，既赞，难免有溢美过誉、嘉尚谬奖之词。挽赞之辞虽盛，却非盖棺之论。

1916年6月6日，袁世凯去世。死时曾高喊"杨度误我"，为此杨度写挽联自辩道："共和误中国，中国误共和，千载而还，再评此狱；君宪负明公，明公负君宪，九原可作，三复斯言。"死对头蔡锷送挽联道："辛亥革命，你在北，我在南，野心勃勃，难容正人，惧我怕我，竟欲杀我；海内兴师，上为国，下为民，雄师炎炎，义无反顾，骂你笑你，今天吊你。”

黎元洪于民国成立时勉为其难地被奉为大总统，之后的十年间，曾三任副总统、再任大总统。然其从未掌得实权，政治上自然也未有建树。黎于1928年5月28日逝世后，各界所送挽联二百余幅，其中不乏过誉之作。章太炎曰：“继大明太祖而兴，玉步未更，绥冠岂能干正统；与五色国旗同尽，鼎湖一去，谯周从此是元勋。”居正曰：“奠定河山，出为霖雨；炳灵江汉，上应星辰。”孔祥熙曰：“秉三民策略，崛起湖湘，运会启金瓯，牧野鹰扬光大业；集五族衣冠，奉安丰沛，风云护华表，辽天鹤去有遗思。”何应钦曰：“首义拥旌旄，墓路肇兴溯开国；归葬安体魄，漆灯不灭识佳城。”李宗仁曰：“党国重酬庸，汉水楚山，遥见元勋隆奠礼；馨香贻祀典，报功崇德，怆怀先烈动哀思。”国民政府主席林森的祭文更有“两仪正气，海岳英云”“业昭炎黄，勋重民族”之赞词。

段祺瑞执政阶段，曾有过镇压“二次革命”、枪杀请愿学生制造“三一八惨案”之劣迹，段死后，国民政府念其辛亥倡率各军赞助共和，袁氏僭号之时洁身引退，决定举行国葬。期间，政府要员、在野名流纷纷赞文书联。蒋介石曰：“国伤耆贤，世丧坊表，闻耗痛悼，宁唯私恸。”吴佩孚曰：“丰功伟业，勋在国家，标下优游，名垂竹帛。”冯玉祥曰：“白发乡人，空余涕泪；黄花晚节，尚想功勋。”李烈钧曰：“硕德久为天下望；大雄终合佛家风。”王揖唐曰：“一代完人，盖自任天下之重如此；万方多难，是知其不可而轻耆欤。”

辫帅张勋以忠于清室称世，曾发动过臭名昭著的“张勋复辟”，其死后，郑孝胥挽曰：“使我早识公，救败岂无术；犹当歌正气，坐得桑榆日。”郑对张的举止是赞赏的，郑也是保皇尊清的死党。王雨辰挽曰：“江西只有两个人：不幸李烈钧败亡！更不幸这位大师亡矣！这怎么得了啊；在下要问一桩事：是从前清朝好呢？倒还是活在民国好呢？咦恐怕难说吧。”此联看似诙谐有趣，津津有味，实则疾言厉色，令人沉思。

陈炯明早年参加同盟会，为中山先生得意门生，为广东军政首领，曾打响过护法战争，后与中山先生意见不合而相悖，发动“中山舰事件”。事件发生后，孙中山在上海发表《致党员书》，报告陈的叛变：“以陈炯明与文之关系而论，相从革命以来，十有余年……及六年乱作，陈炯明来沪相见，自陈悃愊，再效驰驱，文遂尽忘前嫌，复与共事……此役则敌人以为我屈，所代敌人而兴者，乃为十余年卵翼之陈炯明，具其阴毒凶狠，凡敌人不忍为者，皆为之无恤，此不但国之不幸，抑亦人心世道之忧也！”孙中山去世后，陈炯明也从退隐的香港发来一副挽联：“惟英雄能活人杀人，功首罪魁，自有千秋青史在；与故交曾一战再战，私情公义，全凭一寸赤心知。”看似评价别人，却在为己辩解。邵力子认为此联不妥，上联意在抵毁先生，下联则在美化自己，故妙改此联：“惟英雄能活人杀人，功首罪魁，自有千秋青史在；与故交曾一叛再叛，私情公义，全凭一寸黑心知。”易“战”为“叛”，易“赤”为“黑”，诚点睛之笔也。陈炯明死后，吴稚晖挽曰：“一身外竟能无长物，青史流传，足见英雄有价；十年前所索悔过书，黄泉送达，定邀师弟如初。”谓陈与孙中山地下相见，送上悔过书，关系当恢复了。恐怕，其愿望善良矣。吴之挽联还附有长篇跋文，述孙陈之再度合作所以不成，乃出于“陈为部下所持，遂未成”。是为陈开脱之言。但吴也不胜惋惜悔过书事，谓为“惜此一纸书竟未成也”，暗示了陈的坚执，孙的固执。章太炎挽曰：“祭仲逐突，春秋不非，嗟斯人何独蒙谤；项王玩印，英雄一短，愿时贤借以自惩。”上联引自《左传》，祭仲立太子突（厉公），厉公以祭仲专政，使雍纠杀之，事败，雍纠死，厉公出走，祭仲复立昭公。废立无常，春秋不以非。其对陈孙二人决裂而罪尽归之陈有所抱不平。下联出典《史记集解》，项羽吝于爵赏，玩侯惜印，不能以封于人。此乃隐指孙免陈职致决裂之失策。

日本占领北平后，企图威胁利诱吴佩孚出山，但遭拒绝。

日本大本营特务部长土肥原十分恼火，采取强硬手段强迫吴佩孚召开一次记者招待会。吴在招待会上，展示亲笔撰写的一副长联：“得意时清白乃心，不怕死，不积金钱，饮酒赋诗，犹是书生本色；失败后倔强到底，不出洋，不入租界，灌园抱瓮，真个解甲归田。”接着他向在场的中外记者表示：“本人认为今天要讲中日和平，唯有三个先决条件：一，日本无条件的全面撤兵；二，中华民国应保持领土和主权的完整；三，日本应以重庆的国民政府为全面议和唯一交涉对象。”吴的态度，令日方大为不快。1939年11月24日，吴佩孚因晚饭时嚼米饭中石子引发牙疼旧病，误中日本医生毒招，高烧昏迷，后又被日本医生强行手术，于12月4日，喷血而亡，享年六十六岁。丧事期间，各方人士送来许多挽联，概括其一生：其一，“不爱钱，不蓄妾，不入租界，执简以书，是为真不朽；同投军，同就学，同拯国难，扶棺痛哭，岂独念私情。”其二，“是奇男子，是真将军，家国系安危，斯人胡可死？为天下忧，为民众惜，行藏系劫数，天道竟难论！”

相对于上述争议人物，君子宿望、志士仁人所获得的赞颂揄扬、讴歌推许便多得多了。孙中山去世后，各界誉音纷起，口碑载道，情形可想而知。章太炎曰：“孙郎使天下三分，当魏德萌芽，江表岂曾忘袭许；南国是吾家故物，怨灵修浩荡，武关无故入盟秦。”杨度曰：“英雄作事无他，只坚忍一心，能全世界能全我；自古成功有几，正疮痍满目，半哭苍生半哭公。”孙传芳挽曰：“大业垂成，宏愿誓为天下雨；英灵永閟，悲思遥逐浙江潮。”段祺瑞挽曰：“共和告成，溯厥本源，首功自来推人世；革命而往，无间终始，大年不假问苍天。”张作霖挽曰：“读遍中华廿四史，讵少英豪，扫清君主淫威，谁曾倡首；唤醒同胞亿万人，弥留付托，抱定民生主义，死不灰心。”吴佩孚曰：“天高月黑风沙恶；志决身歼军务劳。”

抗日名将宋哲元1940年病卒于四川绵阳，时值抗战，葬礼虽从简，规格却不低。蒋介石挽曰：“砥柱峙中流，终仗威棱慑骄虏；星芒寒五丈，不堪珍瘁恸元良。”冯玉祥曰：“卅载故交相期报国；一生革命未尝后人。”何应钦曰：“身兼刚段沉潜德；功在沙场樽俎闻。”周恩来曰：“失地收未回虎威昭垂卢沟月；绵阳惊不起鹃声啼破锦江春。”孔德成曰：“火箭犯卢沟永为大将伤心地；客星陨涪水正是中原歼虏时。”

《申报》总经理史量才于“九一八”事变后，主张团结抗日，且不断抨击当局内外政策，1934年被暗杀，疑为军统所为，此事件当年曾轰动一时。其去世后，各界名流更是以题赞故人为机，抒己之见解。孙科曰：“明善诚身，恂恂儒者。人群指导，椽笔如泻。绩著廿年，名闻九野。匪祸惨罹，伤哉大雅。”戴传贤曰：“修德行惠，仁不逢时。路多荆棘，汤文所厄。车驰人趋，卷甲相仇。山崩谷绝，天理伤贤。”陈立夫曰：“具创造之天才，成出版之大业；社会正需其人，天何夺之以去。”杜月笙曰：“言论枢机，辞言而质。笔里阳秋，风云咤叱。兰馨则摧，璞完者黜。英爽不渝，白虹贯日。”王云五曰：“功在国家，业在社会。心寄寰中，志在物外。咄彼横逆，遽相残害。舆论惊呼，万方同概。”

据《吴宓日记》云：1944年11月，汪精卫客死日本名古屋时，陈寅恪正在成都存仁医院治疗眼病，吴宓前去探望，“寅恪口授其所作挽汪精卫诗，命宓录之，以示公权”，诗曰：“阜昌天子颇能诗，集选中州未肯遗。阮踽多才原不忝，褚渊迟死更堪悲。千秋读史心难问，一句收枰胜属谁。世变无穷东海涸，冤禽公案总传疑。”

除此之外，那些无大毁大誉、大恩大仇的人物死后，同样能博得称羡啧啧。1938年2月，京剧名伶杨小楼去世，各界所送的挽联达八十五副，其中北京市社会局曰：“法曲接俞谭，定场管弦推贺老；元昔协钟吕，超时歌舞媲兰陵。”进报社曰：“菊径荒凉冥漠秋郊悲雨泣；蓉城缥缈苍茫野陌怅风凄。”晨报社曰：“拟垓下声容，不复举头明月夜；向江南风景，何堪回首落花时。”齐如山曰：“齿德俱尊，犹执谦恭维族谊；形神虽逝，尚留清白著乡评。”余叔岩去世后，前教育部部长景太昭的挽联颇为工仗，且具文采：“应碎伯牙琴，乱世正诗宁有寄；遂绝广陵散，伶官压传更无人。”颇具传奇色彩的名妓赛金花于1936年去世，收得各界挽联四五十副，前京师商会会长孙晋卿曰：“蟠桃被谪，三次临凡为女身，只凭口德返上阙；劫海宇笼，一志非偶作乾杰，当有英名流芳年。”沈钧曰：“鹦鹉慰寂寥，终古江亭无语暮；芙蓉衷梦幻，平生向笔有书传。”署名读律斋主的挽联曰：“孽海波沉，地下欣逢曾孟朴；京华春歇，人间谁是刘半农。”较之政界人物，世人对娱界名流的评价，似乎也带有几分娱乐意味。

1941年，北京广济寺退居方丈现明和尚圆寂，弟子们依据佛教仪轨为其举办了圆寂法会和荼毗仪式。其间，江朝宗挽曰：“佛笑拈花今证果；人生落叶此归根。”曹汝霖曰：“大德曰生千劫禅天人力补；法苑宛在百年净业我闻详。”殷汝耕曰：“弘法利生一片慈云光大乘；拈花证果连朝风雨黯重阳。”王荫泰曰：“一笑拈花归净土；十年面壁证莲台。”

英籍犹太人哈同，乃清末民初上海滩最为传奇的冒险家，他以十块大洋为本钱，最后达到了富可敌国程度。1931年6月，哈同病逝于上海家中。这位外国人的丧礼上，同样挂满了各式挽联北。吴佩孚曰：“是西方佛，结东土缘，来去有因圆宿果；泛此海槎，历南洋岛，梯航无处不知名。”张安泰曰：“受天才戒，证菩提果；庇杜陵厦，被白衣裘。”对于哈同的夸饰之词，多少有些过逾之嫌。这让人想起了辜鸿铭《英将戈登事略》中的过甚。戈登曾随英法联军攻陷北京，焚毁圆明园，后成为洋枪队的首领。在与太平天国的战争中，戈登率领洋枪队“遂与贼转战于江浙两省，二年间凡三十三战，克复城邑无算。江浙为中土最富繁之地，数年经贼蹂躏，至是两省强寇始悉歼平。是役经时一十八月，仅费军需一百万金。人皆以为奇功，称戈登为当时名将。戈登谦逊曰：‘平此乌合之贼，岂足称耶？但缓以时日，中国官兵亦可以平贼也。然中国上官急奏肤功，遂在上海招募外洋无业亡命之徒，欲借以平贼。不知此辈既以利应，反复无常，几将贻害中国，较土匪之祸尤烈耳。鄙人得统此辈，严加约束，事后设法遣散，不使为患。此则鄙人所以有微功于中国也。’当时苏州克复，江苏巡抚今相国李公杀降贼，戈登不义之。中国赐戈登万金，戈登辞之，曰：‘鄙人效力中国，实因悯中国百姓之荼炭，鄙人非卖剑客也。’”

挽赞虽有夸饰的成分，却非逢迎之谀辞，那是对生命的敬畏，对逝者的大度。倒是挽赞中的自挽，得意中多有自谦。袁世凯曾自挽曰：“为日本去一大敌；看中国再造共和。”罗振玉自挽曰："毕世寝馈书丛，得观洹水遗文，西陲坠简，鸿都石刻，柱下秘藏，抱残守缺差不幸；半生沉沦桑海，溯自辛亥乘桴，乙丑扈跸，壬申于役，丁丑乞身，补无浴日竟何成。"人之将死，其言也善，人之已死，他言也善。皆是对生死的顿悟，忏悔与宽容便是摆脱了纠缠的洞见，绕开了烦扰的冰鉴。对逝者的咏颂，不也是对生者的激越和劝勉。

鲁迅去世前曾言："欧洲人临死时，往往有一种仪式，是请别人宽恕，自己也宽恕了别人。我的怨敌可谓多矣，倘有新式的人问起我来，怎么回答呢？我想了一想，决定的是：让他们怨恨去，我也一个都不宽恕。"他逝世前在病榻上完成的散文《死》中有遗言七条，其中一条曰："损着别人的牙眼，却反对报复，主张宽容的人，万勿和他接近。"这便是鲁迅，斗士的鲁迅，骁勇的鲁迅。为此，蔡元培感言道："著作最谨严，岂惟中国小说史；遗言太沉痛，莫作空头文学家。"尽管如此，曾被他骂过的论敌，在他死后还是对他进行了照例的宽恕。徐懋庸便挽曰："敌乎？友乎？余惟自问；知我？罪我？公已无言。"郭沫若挽曰："方悬四月，叠坠双星，东亚西欧同殒泪；饮诵二心，憾于一面，南天北地遍招魂。"鲁迅与郭沫若在1928年初的"革命文学"论战中，彼此唇枪舌剑，大动干戈，文章中互相攻击，甚至动用了近乎侮骂的词语。郭沫若与创造社其他成员，说鲁迅是“封建余孽”“资产阶级最良代言人”“二重反革命”。鲁迅则讽郭是“才子加流氓”。论战尚未结束，郭因受到国民政府的通缉，亡命日本。“方悬四月叠坠双星”说的是刚隔四个月，先后死去两位文坛巨星：高尔基和鲁迅。鲁迅当时有“东方高尔基”之誉。“钦诵二心”说的是鲁迅的两部著名杂文集《三闲集》和《二心集》。接着郭又撰写一联：“孔子之前，无数孔子，孔子之后，一无孔子；鲁迅之前，一无鲁迅，鲁迅之后，无数鲁迅。”此联灵感源于米芾《孔子赞》，其曰：“孔子孔子，大哉孔子，孔子以前，未有孔子；孔子以后，更无孔子，孔子孔子，大哉孔子。”

挽赞是神伤时的心智，平和而玄远，温情而透彻，是处世中的哲理，浅显却入微，疏阔却幽宛。挽赞对人的评价未必准确全面、恰如其分，但挽赞却能提纯取精、铡枝斫节，使明亮处更为闪烁，摇曳处能够旌扬，这种豁然间的襟怀，见解为此通达，尺幅间的海纳，心胸为之坦荡。挽赞是一段有尊严的文字，孤单有凉意，诵之谨然，是一曲很肃穆的吟啸，断弦无穷音，咏者慨然。贤愚千载知谁是，满眼蓬蒿共一丘，白居易《秦中吟十首·立碑》云：“但见山中石，立作路旁碑。铭勋悉太公，叙德皆仲尼。”勿笑“皆仲尼”式的滥誉夸饰，那可是一种大度。

诗意社评

武昌起义爆发后第三天，于右任在自己创办的《民立报》上发表社论《长江上游之血水》，文曰："秋风起兮马肥，兵刃接兮血飞。蜀鹃啼血兮鬼哭神愁，黄鹤楼头兮忽树革命旗。"又道："呜呼，蜀江潮接汉江潮，波浪弥天矣！吾昨日登吴淞口，而俯视长江，滚滚者皆血水也。此三日间，天地为之变色矣。"

1962年1月12日，迁台湾多年的于右任在日记中写道："我百年后，愿葬于玉山或阿里山树木多的高处，可以时时望大陆。（旁有自注：山要最高者，树要大者。）我之故乡，是中国大陆。"13日写道："早想辞职，种种事故，做不清楚，滞留而又滞留，谓之何哉！"22日写道："葬我在台北近处高山之上亦可，但是山要最高者。"两天后，天微明之时，他便写下了那首著名的《望大陆》："葬我于高山之上兮，望我大陆。大陆不可见兮，只有痛哭！葬我于高山之上兮，望我故乡。故乡不可见兮，永不能忘。天苍苍，野茫茫，山之上，国有殇。”

“葬我于高山之上”，可“望我大陆”“望我故乡”，虽眼枯昏花，所遇无故物，却单单能千里望乡，此为“老将黯无色”之心望，草木黄落，相顾无言，语境尽管也具诗意，但较之“滚滚者皆血水也”的壮歌悠扬、管色凄凉，仍稍逊。这句话真叫绝，一下子将武昌起义的惨烈程度形象地道出，此乃诗人的想象。俯视长江，掬手血水，荻花瑟瑟，耳际哀鸣，谁人不为之动容。社论居然可以这样写，那时的文人很真诚。社论本无式，有情为法，法则达。于右任曾作《半哭半笑楼诗草》，触语引起权贵的不满，所谓“触语”即诗中大呼的“换太平以颈血，爱自由如发妻”，即“昌言革命”，遂遭到通缉。

于右任为《民立报》所写发刊词，亦气贯长虹、电激雷崩风格：“秋深矣！鸣蝉寂矣！草木渐摇落矣！万籁无声，时闻寒蛩，似断似续，如诉如泣矣！此佳节乎？而有心人当之，顿生无穷之感。怨天欤？悯人欤？噫！如此乾坤，吾何独为此佳节贺，吾亦悲悯中人也！……秋高马肥，记者当整顿全神以为国民效驰驱，使吾国民之义声，驰于列国；使吾国民之愁声，达于政府；使吾国民之亲爱声，相接相近于散落之同胞。”

在那个救亡图存年代，青年人多交游四海，充满激情。勇者，做刺客，行暗杀；仁者，引西学，改风俗；智者，办报纸，发言论。对于革命理想，先行者提倡于先，无数人附和于后，可谓感受极速，转瞬即成风气。梁启超曾以犀利笔锋、浅显文字鼓励青年："我告诉你，你怀疑和沉闷，便是你因不知才会惑；你悲哀痛苦，便是你因不仁才会忧；你觉得你不能抵抗外界的压迫，便是你因不勇才有惧。"此等不平之鸣，国人往往为之一警，激情言论，几成报端常见。

1901年，由日本华侨办主办的《开智录》登载《义和团有功于中国说》的文章，除对动天下之兵、寒列强之胆、冒万死以一敌八的义和团大加赞赏外，大胆号召反满革命："满洲贼之盗我中华也，二百八十年于兹矣"；满洲政府是"夺我之土，掳我之财，凡外人之要求也则顺手与之"的"大贼强盗"，必须将其推翻；号召国民"腕力高扬，张自由之旗鼓"，使我国"勃然兴起"，"辟创一新世界"。同时揭露帝国主义"明其眈眈之目，张其逐逐之胆，利其炮，坚其船，下众暴寡强凌弱之方针，施屋人社墟人国之政策"。

1902年5月，陈范在自己掌舵的《苏报》上发表《敬告守旧诸君》，公开倡言革命："居今日而欲救吾同胞，舍革命外无他术，非革命不足以破坏，非破坏不足以建设，故革命实救中国之不二法门也。"《苏报》主笔章士钊有《杀人主义》的言论，长枪大戟，百步穿杨，公然宣扬“杀尽胡儿才罢手”，“借君颈血，购我文明，不斩楼兰死不休，壮哉杀人”。

《浙江潮》1903年第1期《发刊词》中疾呼：“不忍任其亡而言之”，“挟其万马奔腾排山倒海之气力，以日日刺激于吾国民之脑，以发其雄心，以养其气魄”。1903年10月10日出版的第8期有社评《近时二大说之评论》曰：“政府者，割地也，赔款也，矿约也，商约也，路约也，凡兹数端，无一事不可以使我世世子孙永失其立国之资格，而长为奴隶永永沉沦万劫不复者也。”“中国之亡，其罪万不能不归之于政府。国民不责政府，国民之罪也。”

1904年1月17日《女子世界》在上海创立，发刊词云：“女子者，国民之母也。欲新中国，必新女子；欲强中国，必强女子；欲文明中国，必先文明我女子；欲普救中国，必先普救我女子。”

1908年8月31日，檀香山《自由新报》创刊，其发刊词曰：“呜呼，神州已矣痛黄裔其长沉；奴隶甘呼？哀人心之尽死……回观大陆，尽是愁城。千重之毒雾重埋，半角之斜阳有限。新亭未作，哭已失声；古国濒危言其无罪。”“今者力唱民族，疾呼同魂。”“谁鸣警世之钟，独树登坛之帜。先呼言论，继收实行。文字收功之日，还我河山；英雄应运之秋，荡平丑虏。”

针对民气之捍，民心之愤，1910年《民报》第25号，汪精卫撰写社评《论革命之道德》云：“革命党人只有二途，或为薪，或为釜。薪投于火，光熊然，俄顷灰烬；而釜则尽受煎熬，其苦愈甚。二者作用不同，其成饭以供众生饱食则一。”1911年9月3日《民报》评述：“今日中国之乱遍地皆是，如处火药库上，一触即发。其危象真不可思议。”

1911年4月，《妇女时报》创刊，由此成为主编包天笑鼓动革命的论说阵地，其号召女界参军募捐：“敬告吾同胞姊妹，速组织红十字会，以救吾全国同胞。……不分畛域，运药遣医，分布两军，此则我同胞姊妹今日应尽之急务也。……敬告吾同胞姊妹，速练习看护妇，以救吾全国同胞。”

1913年3月20日晚，宋教仁遇刺，《民立报》主笔徐血儿撰讨贼文：“以一死而可以雪三百年之大仇，报为奴为隶之深耻，男儿何乐而不为！以一死而可以为子子孙孙造万世之幸福，男儿何乐而不为！男儿当以一人之死，救千百万人之生！”

黄远生于1915年11月10日《东方杂志》第12卷第11号发表社评《忏悔录》，反对复辟：“今日无论何等方面，自以改革为第一要义。夫欲改革国家，必须改造社会；欲改造社会，必须改造个人。社会者，国家之根抵也；个人者，社会之根抵也。国家吾不必问，社会吾不必问，他人吾亦不必问，且须先问吾自身，吾自身既不能为人，何能责他，更何能责国家与社会。试问吾自身所以不能为完全为人之故安在？则曰以理欲交战故，以有欲而不能刚故。故西哲有言曰：寡欲者改革家之要素也。继自今，提倡个人修养，提倡独立自尊，提倡神圣职业，提倡人格主义，则国家社会虽永远陆沉，而吾之身心固已受用不尽矣。”

于右任在《民立报》发刊词中也说：“有独立之民族，始有独立之国家；有独立之国家，始能发生独立之言论。再推而言之，有独立之言论，始产生独立之民族；有独立之民族，始能为其独立之国家。言论也，民族也，国家也，相依为命。此伤则彼亏，彼倾则此不能独立者也。”

秃笔焦舌，言论报国，那个时代的报纸，思想激进，观点鲜明，办报人头脑新洁，志气不凡。其志在开启上下脑筋，濬发民智，采集东西善法，培进人格，激发爱国天良，振兴精神，作酣梦之警钟，倡导言论，鼓吹地方自治，伸张民权，图谋社会公益，破除积弊。其气于开明者，因明而醒；于顽固者，因骂而醒；于不进者，因驱而进；于后退者，因鞭策而前。文笔更是万流涛奔，一泻千里，磅礴恣肆，不可遏抑，天地入胸臆，文章生风雷，势头可谓足矣。黄遵宪评价梁启超文笔，类当时之社评："惊心动魄，一字千金，人人笔下所无，却为人人意中所有，虽铁石人亦应感动。从古至今，文字之力之大，不过于此者矣。"这时的报人，亦诗人，亦革命党人，其深得旧文化的精气真髓，又沐得新思想的绚烂清风，文风自然醇厚静穆，慷慨悲歌，如祭天誓师，大义彰然，于是便有了此番不同凡响的面貌。但在撰述宗旨、阐扬公理的同时，难免少了些许芬芳时发，婉转节生，而如于右任者，既有五车诗胆，八斗才雄，又有竹兰逸气，流水琴心，不多见。

戒烟劝烟

烟草于万历年间自吕宋舶来，很快流行开来。烟草种植也遍及南北，顺治六年（1649），进士方孝标谪戍宁古塔，其以当地种植生产烟草款待宾朋，其作《吃烟》诗：“塞俗如同麻麦收，翠茎红蕊种三秋。沙畦薰焙传方法，上炕宾朋当款留。”此后人们渐识危害，久服肺焦，津涸液枯，枯槁憔悴，暗损天年矣。崇祯十二年（1639），朝廷即发布“禁烟令”。随之，也就有了劝诫之辞。

郑板桥有联提及戒烟：“酉水为酒，若不撇出终是苦；因火生烟，丫能回头便成人。”道光十九年（1839），苏州太守李璋煜将其所作《戒烟歌》张贴于交通要道：“劝我民，莫吸烟，五脏六腑都熬煎。如同饮鸩毒，想一想，速死由己不在天！”李伯元《南亭四话》载《鹊桥仙》讽刺抽烟者：“樽前席上，明僮传与，吹气如兰堪忆。山人肠肚转车轮，这吃字虚名何益。偷闲忙里，消除烦恼，也有些风力。醉乡尸小不封候，拼做个烟霞成癖。”

辛亥革命后，上海革命军外交总代表伍廷芳、上海军政府民政长官李平书，在味莼园发起禁戒纸烟大会，社会名流响应。伍廷芳的秘书朱文炳还创作有《竹枝词》：“有人口插一支斜，或是香烟或雪茄。纵未逢人当面骂，自低人格丑难遮。”此后不久，华航琛词曲的《戒烟歌》广为流传：“纸烟纸烟，害人不浅。精神钱财，损伤胜鸦片。劝同胞快快戒吸纸卷烟；纸烟不吸，空气清新人不厌，纸烟不吸，名誉保全，谁敢轻贱?”民元（1912）6月，此歌收录商务印书馆出版的《共和国民唱歌集》。

1946年，冯玉祥赴美考察水利，期间的一次会议上，被会场纸烟熏得头痛，遂作打油诗斥之：“大会礼堂，又熏又臭，又臭又熏。既熏且臭，既臭又熏，熏而又臭。熏熏臭臭，臭臭熏熏。亦熏亦臭，亦臭亦熏。”此诗还被译成英文，登载于《纽约时报》。

民间尚有劝诫歌：“洋烟开花一朵朵，教哥莫把洋烟学。吃坏多少好小伙，玩坏多少少年婆。”《吸烟“十字令”》云：“一嘴黄牙烟臭浓，两眼发燥心朦胧，三口落吐吊精神，四时衣衫尽烟洞，五脏受害不必说，六腹烟熏捐身躯，七月秋凉咳嗽起，八成肺病烟起源，久久吸烟最危害，十万钱财付东流。”延安流传一首戒烟歌：“骑马不骑拐子腿，交朋友不要交烟鬼。烟鬼嘴臭心肠黑，烟熏火燎活受罪。”

酒后茶余香闻兰蕙，风清月白味淡芭菰，有戒烟歌，便有劝烟歌，如“未谢人间火食，却餐天上烟霞”“吞云吐雾似仙，扬眉吐气入神”“低头三吸神游天仙境界，仰天一喷气壮云雾山河”“银棒几燃浑致醉，乌丝一缕欲望饥”“呼吸间烟云变化，坐读处兰桂芬芳”，最是“芭菰寻淡趣，香草思美人”一句，称得上佳句。齐白石也有诗句“烟入水中去，诗从腹中来”。“停云积雪芝兰室，吸雾餐霞烟火仙”“淡淡烟云归一路，吸取水旱备双枝”“烟醇味香上等烟，价廉物美优惠价”“会中滋味频尝取，纸上烟云任卷舒”“领取会中好滋味，餐将洞里古烟霞”等等，则适宜做烟店广告。

陕西旬邑流传有《一口烟》：“刘备抽了一口烟，带上人马进西川。孔明抽了一口烟，率领兵马出祗山。关公抽了一口烟，封金挂印出五关。张飞抽了一口烟，当阳桥头吓曹蛮。赵云抽了一口烟，长坂坡前杀的欢。黄忠抽了一口烟，抡刀大战定军山。”

戒烟歌，劝烟也歌。歌者，朗朗上口，易于传播，两般目的，皆知其力。

知其害而无法避其害，无志者常立志，时戒时抽，愈戒愈抽，遂有人作叠字联：“屡抽屡戒屡屡抽屡屡戒；日戒日抽日日戒日日抽。”横批为“白费功夫”。

护生即护心

1927年，弘一法师便开始与丰子恺商议编绘《护生画集》计划。1929年2月，在法师五十岁生日时，《护生画集》由上海开明书店出版。集子收画五十幅，适与大师寿数相合。之后，每隔十年，丰先生便要推出一集画册的续编，画幅也随之递增十幅，最后出版第六集时，弘一法师冥寿百岁。

丰先生创作这些画幅时，可谓用尽了心思。在画集子的第三册时，拟绘七十幅，但画至第六十九幅后，一时因想不出画材而辍笔有日。一天，广洽法师给他写信，说一次乘车途中，车内有一乘客带有捆绑得紧紧的五只鸡，据说这几只鸡是待宰的。有趣的是，这些鸡见到广洽后即哀鸣不止，似乎在求救，不忍再看下去的广洽便出大价钱购得之，并将其饲于寺院，永免杀戮之祸。丰读毕广洽法师的信后，一时慨叹不已，即兴铺纸研墨，一幅题为《幸福的鸡》的画顷刻绘就，《护生画集》第三册也随之告竣（见《弘一法师影集》，山东画报社1999年

10月版）。广洽法师曾受到过弘一大师的点拨，抗战爆发后，退居新加坡，《护生画集》后三册的创作出版，便由他资助完成。

这部充满佛教意味的画册，起初计划交由佛门印刷并流布，后考虑到读者对象是那些平日不信佛教、不喜阅佛书者，遂改由开明书店出版，其意在“导俗”。时隔七十多年，中华书局于1999年12月，杨柳新翻，编辑出版了《护生画集选》，从而再次勾起了人们对弘一法师“导俗”一说的思考。那些“导俗”虽说爝火微光，呼声绵邈，然则编绘者不弃照亮千年暗室、苏醒百代懵懂的一线希望，深信隋侯之珠报之有时，荆山之玉终见识者。至于画集中的诸多提示恰与时下倡导的环保意识、生态意识不谋而合，这只不过是书之丰富内涵之冰山一角、恒沙一粒而已。书中提及的“护生即护心”思想，又让人重新审观了一番人与自然的关系。展开画册，抹去历久的尘封，看到的却是一副全新的现代胸臆。此时，对弘一法师、丰子恺们的深邃思索及超前理念，不得不由衷敬佩了。

“曲巷高檐避网罗，朝来饱啄陇头禾。但令四海常丰稔，不嫌人间鼠雀多”，方孝孺的这首绝句写得豁达坦荡，丰先生的画也配得恢廓大气。鼠雀虽小，却让人生出方寸海纳、容止汪洋的雅量来，这便是好诗配好画的效果。还有一些诗由丰先生自己创作，同样生动感人。“闲看蜗牛走，亲为筑坦途。此君家累重，莫教步崎岖。”读罢这首白话诗，再回首感悟“护生即护心”一说，便不难理解了。

丰先生的画简约明快，纯粹条畅，始终保持着一种童真至情的况味。他的画别人不好模仿，这里关键的已不再是技巧，读罢这些充满人道大爱的画幅，再窥视缘缘堂里那位须髯公的心，便也大概找到了“不好模仿”的缘由了。绘制《护生画集》，丰先生是发过宏愿的。1942年，弘一法师于泉州圆寂后，丰先生初衷不改依旧按原计划宵旰笔耕。笃行不倦，精诚所至，到1973年终于功德圆满地完成了第六集一百幅画的创作，两年后丰先生即如释重负地黯然去世。这期间囿于画材不足，他曾在佛教刊物上登广告征集选题，还须克服因战乱流离、运动干扰不虞而至的困难。画册第一集创作之时，正值第一次世界大战终结之际，第二集刊行后，又遇第二次世界大战全面爆发，第三集更是编绘于避警的岩洞内。经过万里奔命之苦，丰先生愈加体验到了动物临死时的惊怖滋味。原以为这一集的画风画意会有大的改变，出乎意料，全集充满了和平之气，一禽一兽、一草一木无不洋溢着生的喜悦。在腥风血雨、生灵涂炭大背景下，不除窗草、不践虫蚁式的护生意念，既显得苍白无力，又让人感到铿然有声。正义之声，再细微也噌呟，所谓大音若稀者也。在长达五十年的创作过程中，丰先生把绘制《护生画集》当作了大慈大悲的信仰，虽说稼穑惟艰，然使命在肩，不敢须臾歇憩矣，正所谓不惧纤弱绳锯能断木，不揣绵薄铁砚终磨穿也。尽管后来国内已不可能有出版这类选题的机会。

绘制敦煌壁画的画工们、雕凿云冈石窟的匠人们，仅仅靠体力和技巧能否完成那些千古绝唱？云居寺石经、广胜寺赵城金藏的浩荡从容，仅仅靠支付工钱或强迫劳动能否成就得了？宗教之于艺术，风助火势，艺术之于宗教，圆满玉成。丰先生的艺术高度，根基里处处踏踩着佛意的垫衬，丰先生的品性风操，潜质中时时映现着菩提的境域。回到自我、回到内心是任何形式的艺术创作必然的归宿。回到自我，并不一定就能觅得福音，回到内心，尚不足以找到真谛，这要看你回到的是平静熨帖的自我，还是踟蹰犹疑的自我，要看你回到的是平易坦荡的内心，还是偏颇委琐的内心。不知在弘一法师、丰子恺们对护心所指的提示面前，有人能否幡然有悟，能否醍醐灌顶。

韦其发表于1947年9月11日《华侨日报》上的《被冲淡了的仇恨——评子恺漫画〈又生画集〉》一文评价丰先生是“用迥异于其他悲愤着和呐喊着的漫画家和木刻家的心情和观照方

法，淡淡的甚至悠闲的描写我们全民族所遭遇到的苦难和仇恨”。欧式语句虽冗长拗口，却十分精准，道尽了丰先生的情怀。

为谁送别

戊戌变法后，废科举，兴学堂，学堂乐歌随之产生。最初的乐歌均由选曲填词而成，即以欧美日本或中国民间现成的曲谱为基调，以填词方式完成之。旋律力求简约凝练、爽朗明快，且易记上口，具备儿童特点。歌词虽是文白兼用，却也通俗明了，妇孺能解。其间著名者有《兵操》《竹马》《送别》《春游》《黄河》《革命军》《祖国歌》《我的国》等，词作者有沈心工、李叔同、曾志忞等。学堂乐歌是中国现代音乐的滥觞嚆矢，由于李叔同等一批大牌文人及秋瑾等一些革命家的参与，使之一开始就有了一个高起点。其文学与音乐的浑然天成、教化与情感的完美融合，着实秉承了唐宋以来的良好传统。

至今仍在传唱的《送别》，便是李叔同七十余首歌中的一篇，其借用了英国作曲家奥特威《梦见家中老母》的曲调。虽说借用，但原曲意境与所填歌词结合得贴切自然，珠联璧合。

"长亭外，古道边，芳草碧连天，晚风拂柳笛声残，夕阳山外山。天之涯，地之角，知交半零落，一觚浊酒尽余欢，今宵别梦寒……"这是首过目难忘的词，其中的凄清萧瑟、寂寥疮痍，令人伤感惨沮、索然无援。其作于1913年，五年后，李叔同在杭州削发为僧，法号弘一。作此歌时，李还是浙江官立两级师范学堂的图画、音乐教师，三十四岁，也就是这年，李叔同说出了那段被后人经常引用的话：杭州这地方，实堪称佛地，因为那边寺庙之多约有两千余所……（见《弘一大师影集》山东画报社1999年10月版）。李叔同出家成为弘一大师，李夫人曾由杨白民夫人、黄炎培夫人两位女眷陪同，到杭州约见李叔同，四人在岳庙前临湖的一家素食店用餐。饭间，三人问一句，李叔同答一句，一顿饭吃完，李没有主动说过一句话，也未抬头看一回女眷们。据黄炎培的《我也来谈谈李叔同先生》记述，饭毕，李便"告辞归庙，雇一小舟，三人送到船边，叔同一人上船了。船开行了，叔同从不回头。但见一桨一桨荡向湖心，直到连人带船一齐埋没湖云深处，什么都不见，叔同最后依然不一顾。叔同夫人大哭而归"。这是现实中李叔同的一次送别，凄然可成绝唱。

较之李叔同出家后只言片语中流露出的超然出尘，这首词显然尚未达到苍莽空灵的全然境地。俗界佛域间咫尺徘徊的李叔同，作成了这首介乎孤芳自赏与遗身物外之间的唱词，虽说虎跑的经幢已然在望，灵隐的暮鼓依稀可辨，但“人生难得是欢聚，惟有别离多”的句子，无论如何还搭不上偈语禅词之界。送别三千世界，尚不足以达到毅然决然、坚贞不渝，但远方“问君此去几时来，来时莫徘徊”的召唤，仍如此诱人。

笃佛礼释的王维居士，在其多首诗中表露过送别之意：“解缆君已遥，望君犹伫立”（《齐州送祖三》），“日暮飞鸟还，行人去不息”（《临高台送黎拾遗》），“春草明年绿，王孙归不归”（《山中送别》），“乡树扶桑外，主人孤岛中”（《送秘书晁监还日本国》），“别离方异域，音信若为通”（同上），“一步一回首，迟迟向近关”（《留别丘为》），而最著名者，当数《渭城曲》中的“劝君更尽一杯酒，西出阳关无故人”句了。这些送别，意有的发自悉心间，但更多的是在不经意间。

流连与向往交织，眷怀与期许纵横，怯懦与果敢伴行，游离瞻顾尘寰、踟蹰踌躇佛域的王摩诘、李叔同，不约而同地写出了古今最为缠绵悱恻、绸缪缱绻的送别诗，绝非偶然。此般送别中的灵犀感悟、刹那菩提，均源自二人深重浓郁、挥之不去的佛教情结，以及对人生真谛的绞思冥索，只不过李叔同在行为上终于又向前迈出一步罢了。正因如此，李叔同仅留下了一首送别词，而犹豫的王摩诘才有了在虚实间逡巡、在有无间忐忑地不断不定地“送别”。

不过百余年的时间，数以百计的学堂乐歌便被岁月的微风吹刮得无从辨迹了，唯有这一首《送别》，怎么也“送别”不去。为谁送别？谁在送别，我看没人能说得清。

民国“百美图”

丁悚出名时，人称丁聪是丁悚的儿子，后来丁聪博大名，人称丁悚是丁聪的父亲。父子二人皆漫画大家。丁悚在民国年间的名气，相当于丁聪在当下。

丁悚所绘《百美图》，1918年由上海交通图书馆刊印。丁悚，字慕琴，自幼在上海的当铺学徒，业余进修美术，后从事月份牌与漫画创作，故能中西技法兼具。遗憾的是，此《百美图》已逸，而仅存者为《丁悚绘百美图外集》。古不乖时，今不同弊，“百美”容貌一反传统仕女定式，不泥于晓楼玉壶，争驰新巧，而另辟他路，所绘皆现实中的女性，且以温情化、家常化的生活场景入画幅。光感透视，黑白分明，画风工整，构图繁复，此西画技法。人物繁阜，金翠耀目，市井百态，神形毕肖，乃城市媒体图像之典型表象，但从立意到构型，依然留有民间年画“百美图”痕迹，尤其是背景处理，仍是山水草木、茅亭篱墙的传统表现，其显然与吴友如的《海上百艳图》、沈泊尘的《新新百美图》《新新百美图外集》《续新新百美图》、但杜宇的《百美图》、钱病鹤的《世界百美图》一路。明季仇英、清末费丹旭之后，“百美图”之盛炽，当数这一时期。以传统技法绘制火车轮船、声光电化等等的机械文明及高楼广厦、西洋医术等等的洋场风情和风俗街井、奇闻逸事等等的市民趣味，自然会有一种方枘圆凿、扞格不入之感，待事过境迁，间隔有年，其史料价值便会渐显珍奇，鲁迅便称之为“了解新学的人的耳目”。

其作一画一诗，画为白描构图，诗为竹枝词样。绘劳动妇女在水龙头前淘米者曰：“谁遗奔湍入漏卮，碎沙淘尽但凭伊。江南熟饭方生米，休忘萝中宣战时。”绘学跳交谊舞者曰：“贴地红毹比絮肥，电灯如雪照纱纬。翩跹错认春三月，蝴蝶一双相对飞。”绘电扇下纳凉者曰：“电扇多风香汗消，独特冰盏态妙条。回头只顾窥郎影，不见红霞两颊潮。”绘打电话曰：“佳期约定故迟迟，转眼宵深到子时。壁角电铃微响处，暂凭一线话相思。”绘开汽车者曰：“踏青人去折桃花，侬看桃花走钿车。独自飞轮何处似，刺天塔影指龙华。”绘拉小提琴者曰：“个人生小最聪明，能把新声换旧声。昨夜听郎弄胡索，却来谱入梵和琳。”绘下滚梯者曰：“浮云西北与楼齐，百姓人家处处低。容我写诗留一角，朝朝见尔下胡梯。”

绘拍照者曰："镜槛临湖面面风，倚栏人坐桂花中。琼箫一曲天云紫，吹落天香作乱红。"滑旱冰者曰："不是凌波旧洛神，绿云靴子展双轮。阿侬自愿居冰上，未识谁为冰下人。"骑马者曰："一骑长堤疾四飞，短襟窄袖胜征衣。绿阴深处停鞭看，不忍红泥染马蹄。"其作意浅而繁，文匿而彩，词尚轻险，情多哀思，与清辞巧制、雕琢蔓藻的南朝宫体诗，似乎有着某种渊源。

为画题诗者有丹翁（张丹斧）、天虚我生（陈蝶仙）、陈小翠（蝶仙之女）、陈小蝶（蝶仙之子）、天台山农等，皆鸳蝴派中人。张丹斧曾任《大共和日报》主编、《神州日报》编辑，后又在《晶报》工作十余年，喜作打油诗与游戏文章，由于其玩世不恭的态度，众人称之"文坛怪物"。1931年，上海《小日报》刊登了署名丹翁的五言绝句诗，题曰《第一诗人》："诗人居第一，中国徐志摩。徐君富理智，妙处固自多。我不工徐体，不敢评泊之。我苟效徐体，且以徐为师。"诗作发表不久，徐志摩即因飞机失事罹难。张丹斧不仅给丁悚的"百美图"题诗，之前曾为沈泊尘的"百美图"题诗一百六十首。然书甚劣诗亦佻，言语趋俚，不以文饰，因而沈泊尘常以为张的题画诗有玷污尺幅之甚。他在《丁悚绘百美图外集》付印时，甚至感激道："丁君慕琴工绘时装仕女久矣，余每题劣诗其上付石印时，不为剪去，厚余甚矣！”然丁善画而不能文，虽不一定认同于“吁嗟卿卿我我，呜呼燕燕莺莺”一格的文艺见解，却因欠诗文而师于鸳蝶派中人，故多与之私交甚笃。

纵使是照镜子，其头饰服装也是民国式的，镜子也是西式的。明窗读书，所读也西式精装本，学画则是排笔在握的油画，饮茶所用，为咖啡杯，家中陈设要么沙发，要么石膏裸女，所过板桥，栏杆也西式几何图案。节物流年，人情和美，刻画风气，具体而微，其乐无涯，但成怅恨矣。图中人物，或大家闺秀，或小家碧玉，或时髦女郎，或窈窕村姑，大抵短衣中裤，梳辫绾髻，足见时尚所在。张爱玲《更衣记》描述民国以来的服装变化：“时装上也显现出空前的天真，轻快，愉悦。‘喇叭管袖子’飘飘欲仙，露出一大截玉腕。短袄腰部极为紧小。……短袄的下摆忽而圆，忽而尖，忽而六角形。”时过境迁，类似的情形，若不参照丁先生画集中的图像，是难以理解的。狭窄修长的高领衣衫，配之以黑色长裙，袄裙均不施绣文，此乃所谓“文明新装”也。

书名及序由王钝根题写。钝根名晦，是著名的《礼拜六》周刊的主编，丁先生那时也为《礼拜六》一类刊物画封面，故与鸳鸯蝴蝶派的人物过从甚密。王序甚佳，其曰：“好色之性，人所同具，好色之事，人所难能。所谓难者，不难于好，而难于色。西施毛嫱，古人称为至美者也。然吾非亲见，安知非古人之欺我？安琪天使，今人形之笔墨者也，然昵爱不明，安知非阿谀其所欢？吾生季世数十年，周旋于繁华佳丽之乡，而窃叹绝色之难得，即得之，亦苦为期之短促。盖朱颜白发转瞬间事耳，仅此极短时期中，又有一切烦恼之事横生间隔，于是快心适意之会益复无几，甚矣。好色之事似乐而实苦也，吾故谓有色之色，不如无色之色，形骸之色，不如精神之色。丁君慕琴善绘美女，吾见之辄叹曰：'画里真真，大堪慰寂，又何必人间秀色始可疗饥耶？'丁君近有《百美图》之作，乞序于吾，吾将俟其出版购取一册，置之案头，朝夕把玩。此中美人，无离别，有嗔怨，无需索，无嫉妒，无疾病衰老死亡；爱之者，无琵琶别抱之痛，无桃花人面之悲，虽有沙叱利，不能攫而去之。吾愿世界好色者皆作如是观。"矫情自高，好色守德，发乎情止乎礼，与《登徒子好色赋》可有一比。

灯宵月夕，雪际花时，乞巧登高，教池游苑。花光满路，何限春游，箫鼓喧空，几家夜宴。旧上海市民生活的朗月清风惬意，罗绮飘香情调，从浩穰繁荣的"百美图"中，似乎也可见得一斑。画虽末技，却也能贯通大道，然此大道非纲常之大道，乃世俗之大道也。

立言须慎

时下，学者作家每每谈及学术成果，多以写作字数、出版册数计，随便一部长篇小说，字数都能超过《红楼梦》，而长篇小说的异常繁荣，一年付诸出版者竟在几千部，待印者不计其数。有工夫阅读长篇小说者已越来越少，能从头至尾完整读完者更是少之又少。有某畅销小说作家，由于连续几年每年推出两部长篇而受到质疑，猜测其写作为雇佣所为。在小说出版春色满园、气象万千之时，以出版小说为专的全国众多文艺出版社之经营，却秋风凋零，每况愈下。何以使然，市场使然，小说家责怪人心大不如前，读者申饬没有好作品面市，小说之衰微，衰在绿叶萋萋之间，微在枝条郁郁之时，现象好似蹊跷诡谲，言之不详，实则顺理成章，并无怪诞。而在学界，学术成果每每以发表论文的篇数计，使得各类学术期刊的版面收取费越来越高。这样的论文除了自己，不知谁还有兴趣卒读。北大某社会学教授的学术专著，因抄袭于国外同行而身败名裂，斯文扫地，类似的例子还不断有媒体爆料。究其故，有个人品行的原因，也有形势所迫的借口。

贾岛有“二句三年得，一吟双泪流”诗句喻赋诗之不易，纵使洋洋万言、连篇累牍的小说创作，曹雪芹于悼红轩中曾“披阅十载，增删五次”，而在此之前的素材积累阶段，他借《红楼梦》第一回石头与空空道人的对话表露：“我半世亲睹亲闻的这几个女子……”比为作者情愫之有感而发，胸臆之不得不吐。

对于安身立命、垂之千古的学术，更是一件严肃的事。吕不韦作《吕氏春秋》，悬赏千金，不能增损一字。朱熹于四十多岁时，即已写就四书注释初稿，之后反复增删修改，分合不定，直至六十多岁时，方在漳州将四书合刊为一，印行天下。绍熙元年刻印之时，他又发现了一些问题，遂令刻工迅即修改，“乡在彼刊得‘四子’‘四经’，当时校勘自谓甚仔细，今观其间，乃犹有误字，如《书·禹贡》‘厥贡羽毛’之‘羽’误作‘禹’字，《诗·下武》‘三后在天’之‘三’误作‘王’字，今不能尽记，或因过目，遇有此类，幸令匠人随手改正也”。《四书集注》奠定了其在学术上不可撼动的地位。当他看到友人草率出书时曾慨叹：“平日每见朋友轻出其未成之书，使人摹印流传而不之禁者，未尝不病其自任之不重而自期之不远也。”申涵光《荆园小语》云：“凡诗文成集，且勿梓行，一时所是，师友言之不服，久之自悟，未必汗流浃背也。俟一二年朝夕改订，复取证于高明，然后授梓。若乘兴流布，遍赠亲知，及乎悔悟，安能尽人而追之耶？若能不刻，刚更高。”此亦慎也。

持此态度者，尚有黄侃。黄平生谨于著述，曾说过“不满五十不著书”之类的话。1936年他五十岁生日当日，老师章太炎为其撰一联：“韦编三绝今知命；黄娟初裁好著书。”上联嵌孔子“五十读《易》”之典，赞黄侃五十年来勤奋读书，下联用蔡邕《曹娥碑》之典，希望其今后可以潜心著述了。“不满五十不著书”，看似激言，实则悃意，悃己之思想尚未成熟、学问尚未直立，著书过早恐妄下雌黄，于世无益。他在日记中曾言：“平生手加点识书，如《文选》已十过，《汉书》亦已三过，注疏圈识，丹黄烂然。《新唐书》先读，后以朱点，复以墨点，亦是三过。《说文》《尔雅》《广韵》三书，殆不能计遍数。”

黄侃对新文学不存好感，对胡适抱有敌意，他曾在中央大学课堂上戏称胡适为“著作监”，学生不解其意，黄侃的回答颇为阴损：“监者，太监也。太监者，下部没有了也。”学生这才恍然大悟，原来黄侃是存心讽刺胡适的著作只有上部，没有下部。此喻遂传为笑谈。胡适的《中国哲学史大纲》和《中国白话文学史》均只有上部，下部长期付之阙如，倒也是事实。林语堂曾幽默地夸赞胡适是“最好的上卷书作者”，这一“美誉”多少有些令人尴尬。如此尴尬，一则因其社会活动太多，朋友太多，占用了过多的时间，一则其精于考证，立言谨慎，“有一分证据说一分话，有三分证据说三分话”，便是他的名言。大胆假设，小心求证，“据可信之材料，依常理之判断”，可谓是那一代人的临深履薄，字斟句酌。

著书立说、形诸笔墨之于朱熹黄侃只是业余，其正业乃设坛讲学，教书育人。舒怀命笔、操觚稗官之于曹雪芹也是业余，只是今人无法考证其从事何种职业而已，但写作《红楼梦》他是没有得过谁人稿酬的。

无意于佳乃佳的著作，看似偶然，其则必然，书教好了，学问大了，语句岂有不佳者，观点岂有不明者，见解岂有不邃者，文字岂有不传者。再则，他们将写作当成了立言，赋予了崇高与神圣，临事馑饬，三思不敢片刻孟浪，所谓“一言可以兴邦，一言可以丧邦”也，所谓“四时行焉，百物生焉，天何言哉”也。即便小说创作也没有虚应故事、胡编乱造之唐突，曹雪芹便言：“其间离合悲欢、兴衰际遇，俱是按迹循踪，不敢稍加穿凿，至失其真。”朱熹更是将著述与明道联系起来，

“道者，文之根本，文者，道之枝叶”。将文与道联系一处者，早已有之，《左传·襄公二十四年》中便有“太上有立德，其次有立功，其次有立言”的“三不朽”之说。以此古训为操守者，今日专事写作的职业操手，尚有几人经心在意、留神理会？尚有几个念兹在兹、铭诸肺腑？一落言筌，便成谬误；若经道破，已非真实。

短文的分量

文笔贵简，“逸马毙犬于道”，作“有犬卧于街中，逸马蹴而毙之”，则赘矣。明祝氏《猥谈》云：“一守禁戴帽，不得露网巾，吏草榜云：‘前不露边，后不露圈。’守曰：‘公文贵简，何作对偶语？’吏曰：‘当如何？’守曰：‘前后不露边圈。’”斯旨可以喻大。《新唐书》《新五代史》，其较胜旧史，亦事繁文简耳。

比起新时期专业作家动辄几十万甚至几百万字的高产出，旧文人那几篇紧凑短文，实在有些寒酸窘迫，若结集出版，也只能算个小册子。药灵丸不大，棋妙子不多，文章的分量不以字数多寡、篇幅长短衡量。《约法三章》“与父老约，法三章耳：杀人者死，伤人及盗抵罪”，为汉朝开国第一文，短文也；顾炎武八十万言的《日知录》在学术史上的地位不言而喻，其前言不过寥寥六十一字，短文也。当年梁启超向清华研究院推荐陈寅恪为导师，校长曹云祥问：“他是哪一国博士?”梁答：“他不是博士，连硕士也不是。”问：“那他总该有大著吧?”答：“也没有著作。”曹为难：“既不是博士，又没有著作，这就难了!”对曰：“我梁某人也没有博士学位，著作算是等身了，但总共还不如陈先生寥寥数百字有价值。”

梁曹这般对话之所以被传作美谈而广泛流行，除却人们对梁先生惜才举贤行为的赞许外，还因其中揭示了一个文理：长短不是评判文质的标准。为佐证梁先生这般话的确切，可举出许多例子来。契诃夫说：“写作的技巧，就是删掉一切多余字句的技巧。”他关于大海的描写只有两字：“海，大。”北岛更绝，那首短诗《生活》，只有一字内文“网”，20世纪七八十年代过来的人对此至今仍津津乐道。弱冠之年的我也曾写过诗，三十年了，能够记起的只有一首名曰《你》的四句诗：“追上行／拍你的肩膀／你回头／你却不是你。”这倒不光因它是拙诗中最短者。以前英国有一次征文，文章内容要求涉及“皇帝、宗教、性”，最后的获奖者竟是篇短作：“上帝啊，女王怎么怀孕了。”而据称最短的科幻小说，译成中文后只有二十一个字：“当世界上最后一个人坐在屋里时，他听到了敲门声。”鲁迅先生在《答北斗杂志社问》如何创作小说时说：“写完后至少看两遍，竭力将可有可无的字，句，段，删去，毫不吝惜。宁可将小说的材料缩成Sketch（概要），不可将

Sketch的材料拉长成小说。”当年周国珍翻译高尔基的小说，第一句“大海正在笑着”，伍蠡甫提笔圈去两字，改成“海在笑”，令周惊叹不已。竺可桢任浙江大学校长，一次联欢会上，有人请他训话，他说：“训字从言从川，是信口开河也。我不训话。”林语堂曾言：“绅士的演讲，应当像女人的裙子，越短越好。”虽戏谑，而在理。

战争中那些掷地有声、文无剩语的檄文无一长篇宏论，武王伐纣，一篇《泰誓》足矣，“予有乱臣十人，同心同德”；讨周复唐，一篇《为徐敬业讨武曌檄》振矣，当武则天读至“一抔之土未干，六尺之孤何托”时，也不得不折服骆宾王之才，国有颜回而不知，深以耻，叹曰：“宰相安得失此人！”一篇好的檄书，不夸张地说能抵得上百万军。它文无雕饰，却字字珠玑，话无赘述，而一字千金。其鼓动性就在于能顺应大势，切中肯綮，且行文干练，感情充沛，其战斗力就在于声成金石激活蛰伏，字正腔圆唤起内蓄，进而昂扬奋发之志，投身硝烟之役。鲁迅的那些短悍杂文，被认为兼具檄文的犀利、匕首的寒光，至今仍有现实作用。1938年，汪精卫主持第二届国民参政会，侨领陈嘉庚作为参政员从新加坡发来一提案：“敌未出国土前言和即汉奸。”此提案干净利落，简捷铿锵，使主和派人士闻风丧胆，暗自拭汗。此案恰由汪精卫宣读。次日，邹韬奋发表题为《来宾放炮》的文章评论道："此寥寥十一字，纵数万字亦所不及，实乃古今中外最伟大之议案。"其实，写作就是一种表达方式，因为有话要说，有情感要传达，所以才启笔开墨，行诸纸笺。黄山谷《答洪驹父书》云："老杜作诗，退之作文，无一字无来处。"文章的分量最终取决于其思想是否深邃、观念是否正确、情感是否充沛、言辞是否精彩，因了这一点，梁启超先生那般精辟对答，便不仅仅是篇美谈佳话了。

费米是20世纪一位泰斗级的物理学家，有一次揶揄他的学生、1959年诺贝尔物理奖得主塞格瑞："如果把你的全部成果拿去和狄拉克（量子力学家）的一篇论文交换，你不仅不吃亏，还会大赚一笔。"塞格瑞心里尽管不舒服，却又不得不承认这是事实，遂反唇相讥："别看老师您贵为泰斗，若把您全部的工作拿去与爱因斯坦的一篇论文交换，你也是大有赚头的。"费米听后，哈哈大笑。相同的道理看来不仅只存在于文学领域。

刘鹗《老残游记》有段描写云山的文字："一层一层的山岭，却不大分辨得出，又有几片白云夹在里面，所以看不出是云是山。及至定神看去，方才看出那是云、那是山来。虽然云也是白的，山也是白的，云也有亮光，山也有亮光，只因为月在云上，云在月下，所以云的亮光是从背面透过来的。那山却不然，山上的亮光是由月光照到山上，被那山上的雪反射过来，所以光是两样子的。然只就稍近的地方如此，那山往东去，越望越远，渐渐的天也是白的，山也是白的，云也是白的，就分辨不出来了。”真是冗长啰唆，拖泥带水，若以诗句代之，只王维《汉江临眺》中的“山色有无中”半句，即可涵盖其意。阎锡山有句名言：“长篇大论不是好文章，附耳低言不是正经事。”此话甚是干练。

抄书做学问

1958年出版的《文学研究》第三期，集中刊发了一组批判王瑶教授的文章，其中的《王瑶先生的伪科学》一文是北大中文系三年级鲁迅文学社集体撰写的，其曰：“先看一个惊人的数字：厚厚上下二册《中国新文学史稿》，全书计五十三万七千字，小字引文共二十九万三千字，大字引文共四万三千字，全书引文共计三十三万六千字，竟占全书的百分之六十二点五！这个数字本身不就是对王瑶先生所谓《史稿》‘科学性’的绝大的讽刺吗？……在剩下不到百分之四十的篇幅中，除了对引文的复述，承上启下的过度、转折、联接，王先生又耐心地向读者大讲起上百个作家及千部作品故事梗概来了。讲故事当然比对作品进行分析容易得多，篇幅也大大地拉长了，而稿费却是以字数计算的。”

其实，抄书是一种很老实的做学问的方法，它至少告诉你，这些东西皆为引述，而非自己的独创见解。这种方式在老派学人中很是常见。周作人盛年时期的文章多抄录书籍，只用自己简单的语言连缀起来即可。如《农业管窥》一文，开始介绍其为一本学理与数字之间的“专门的书”，用73字，以下即引文350字，之后是过渡性的文字35字，接下来的引文454字，最后以66字收尾。一篇978字的文章，引文篇幅就达到了804字。以他人之章，也可抒己之胸臆。这种方式甚至成就了一种“抄书体”。抄书构成其基本的叙述方式，抄书虽影响到了阅读的流畅，却确保了材料的原汁原味，封闭了“合理”想象与虚构的空间。抄书的背后，需有“把卷沉吟过二更”的功夫，需有坚实而完整的见解，不然便会成为资料汇编。而这一见解，恰是驾驭各种资料的能力。在这些见解中，有百分之二三心得属于自己，那已是了不起的事，也是对所研究领域的巨大贡献。周作人曾在其《读武者小路君〈一个青年的梦〉》开篇曰：“我不大喜欢立论，因为（一）恐怕意见不周密，议论不切实，说出去无价值，就是怕自己的内力不足；（二）觉得问题总是太大，太多，又还太早，这就是对于国人能力的怀疑。”这或许便是其叙而不论的内在原因。袁枚在《随园诗话》中曾记录了一首名曰《遣怀》的诗：“我口所欲言，已言古人口。我手所欲书，已书古人手。不生古人前，偏生古人后。一十二万年，汝我皆无有。等我再来时，还后古人否。”

可见创新之不易，发古人未发之慨，言古人未言之辞之不易。

“大江东去，平楚南来，一带江山如画；高柳垂阴，老鱼吹浪，依稀风韵生秋”“忍泪觅残红，柔情似水；起舞弄清影，瘦骨临风”皆集句联，集句之联，借他人诗句，抒己之情意，抄书做学问亦然，汇前人论述，做己之论据也。抄书做学问，未闻以此言为非者，而那些剽袭他人学问据为己有者，皆对此不以为然者，皆自以为聪明的糊涂人。季羡林《坏人是不会改好的》列举道：“小骗局花样颇为繁多，举其荦荦大者，有以下诸种：在课堂上听老师讲课，在公开学术报告中听报告人演讲，平常阅读书刊杂志时读到别人的见解，认为有用或有趣，于是就自己写文章，不提老师的或者讲演者的以及作者的名字，仿佛他自己就是首创者。”颖慧与驽顽，睿智与鲁钝，竟在于对抄书的豁如与相瞒、恢达与隐讳的态度。

当年陈寅恪在西南联大讲授隋唐史，开讲前即说明：“前人讲过的，我不讲；近人讲过的，我不讲；外国人讲过的，我不讲；我自己过去讲过的，也不讲。现在只讲未曾有人讲过的。”别人说过的话，如若非要说，引用别人观点即可，但定要标明这是别人的观点，一则对别人尊重，一则自己心安。

1954年秋，国内发动了批判胡适运动，门生故交均须表态。沈尹默感到实在没有什么可批，但又不得不发言，于是在一次大会上硬着头皮说：他有一次去看望胡适，胡博士正在写文章，只见案头尽是打开的书，且边看边写，“这哪里是做学问的样子”？从这则看似幽默的故事里也可看出“有一分证据说一分话”的胡适，同样是位抄书做学问的人。沈先生的话当然不在点子上，其实清代史学家章学诚对此早有察觉：“近日学者风气，征实太多，发挥太少。有如桑蚕食叶，而不能抽丝。”昆德拉《不朽》也说：“我们互相转让、借用或者窃取我们的见解，我们想的几乎差不多一样。”但这也可反证发挥之不易，在学术的完构中，插入一楔，谈何容易，诺贝尔文学奖得主德里克·沃尔科特便说：“只要我们能够在诗歌的树上添一叶，那就非常了不起了。”

赵孟頫也曾言：“作画贵有古意，若无古意，虽工无益。今人但知用笔纤细，敷色浓艳，便自以为能手。殊不知古意既亏，百病横生，岂可观也。吾作画似乎简率，然识者知其近古，故以为佳。此可为知者道，不为不知者说也。”赵孟頫以及其后的董其昌、四王吴恽等等，皆为画界的抄书派。董其昌云：“诗至少陵，书至鲁公，画至二米，古今之变，天下之能事毕矣。”既已毕，惟兼济众长，出新意于法度之外，方可树立一己面貌。纵使这句话，也是录自于《东坡题跋》：“诗至于杜子美，文至于韩退之，画至于吴道子，书至于颜鲁公，而古今之变，天下之能事尽矣。”董其昌能成就书画大业便在于大量临仿，“血战宋元”，且坦然题款曰仿大痴、仿云林、仿北苑、仿巨然。董氏又说：“画家以古人为师，已是上乘，进此当以天地为师。每每朝看云气变幻，绝近画中山。”师古人即抄古人之作，师天地即外师造化，中得心源，无我之中有自我。自我看似形表之象，实则内容之质。抄画似抄书，须恬然释然，不愧不怍。

民国课本里的诗意

私塾年代，是将识字教育、道德教育、经典教育合三为一的。读《三字经》的同时，也就大致了解了历史更迭、地理方位，识《千字文》则对时序变换、格物致知有了基本建构，且都首尾连贯，一气呵成，句句押韵，朗朗上口。《千家诗》中有一首宋儒邵康节的《蒙学诗》："一去二三里，烟村四五家。亭台六七座，八九十枝花。"将从"一"到"十"的数字巧妙嵌入诗句，组合成一幅诗意乡村画卷，质朴素淡，音韵谐美，数字在此不再抽象，审美潜其质。

清末，自《奏定学堂章程》颁布，废科举，兴学堂，风气为之一开，课本随之一改，但传统蒙学体系的基本思路，依然延续既往，毕竟都是受老式教育过来的人。当时学堂使用的教科书，一类是教会的教科书，自西方引进，不适国情，另一类则由老夫子们编就，又显艰深，也不符教育学规律。如南洋公学的《蒙学课本》，第一篇第一课为："燕、雀、鸡、鹅之属曰禽。牛、羊、犬、豕之属曰兽。禽善飞，兽善走。禽有两翼，故善飞。兽有四足，故善走。”这对于刚入学的儿童而言，领悟吃力。故在张元济的主持下，商务印书馆掀起了“教科书革命”。其组织强势阵容编辑队伍，聘高梦旦、蒋维乔、庄俞、杜亚泉、邝富灼、陆炜士等人为编辑，同时邀日本人长尾槙太郎、加藤驹二、小谷重等作顾问，开始按学期制度大举编纂教科书。经过半年的编修，一部完备的小学教科书《最新小学教科书》之《最新国文教科书》第一册终于完成。之后，按照学期制度编辑的初小和高小修身、国文、算术、历史、地理、格致等教科书也编就，经校订后教科书于1904年4月正式出版。

《最新教科书》推出后，至1911年底，发行量已占全国课本份额的80%，而1912年出版的《共和国教科书》，十几年间发行量达七八千万册，为中国乃至世界教科书史上，版次最多的一套教材。1915年至1916年袁世凯称帝前后几个月中，迫于政治压力，商务被迫将原定名为《共和国教科书》的小学课本，改为《普通教科书》，删节了有碍帝制的内容，此事一直为同行所诟病。撤销帝制后，《共和国教科书》恢复出版。

圣贤之书，教人诚孝，慎言检迹，修身立命，编写课本的确是件代圣贤立言之事，疏忽不得，轻率不得。在当时毫无范本参照的情况下，其采取“圆桌会议”方法讨论进行。在知识体系构造完整的基础上，内容由浅入深，循序渐进；同时搭配插图，以增加趣味，便于理解。且在内容编排上遵循教育学原理，注意与儿童身心发展的实际情况相结合。《最新修身教科书》全书十册，第一册不用文字，专列图画；第二册列出图画，配以古人格言，以便朗读；第三册则比第二册稍繁。据蒋维乔《编辑小学教科书之回忆（1897—1905）》云：“当时之圆桌会议，惟在最新初小国文着手之时讨论最详悉。第一二册几乎每撰一课，皆讨论至无异议方定稿。至三四册以后，则由各人依据原则自行起草，草成之后，再付讨论；亦有由一二人先行讨论者。尔时不乏有趣味之资料，如余编及某课时，用一‘釜’字，而高梦旦必欲改为‘鼎’字，余曰：‘鼎字太古不普通，不可用。’高曰：‘鼎字乃日常所用之字，何谓不普通？’余曰：‘鼎字如何是日常所用之字？’高曰：‘鼎字如何不是日常所用之字？’于是二人大争，至于声色俱厉。及后细细分辨，方知闽语呼‘釜’为‘鼎’，而不呼为‘釜’也。相与抚掌大笑。”蔡元培在《商务印书馆总经理夏君传》中回忆教科书编写情形：“往往一课之题，数人各试为之，而择其较善者，又经数人之检阅，及订正，审为无遗憾焉。”

以1917年商务印书馆所印《共和国教科书·新国文》为例：

雨将晴，河水清，两渔翁，须眉皆白，披蓑衣，戴箬帽，同坐岸上，张网捕鱼。（第二册第21课）

竹几上，有针，有线，有尺，有剪刀，我母亲，坐几前，取针穿线，为我缝衣。（第二册第22课）

巷中有屋，四面短墙，向南开门，客堂在前，书斋在旁，卧室在后。（第二册第24课）

座上客，远方来，父陪客，食午饭，饭后出门，与客闲眺，前有青山，旁有流水。（第二册第27课）

北风起，大雪飞，登楼远望，一片白色，雪止日出，檐溜成冰，其形如箸。（第二册第28课）

学生入校。先生曰："汝来何事？"学生曰："奉父母之命，来此读书。"先生曰："善。人不读书，不能成人。"。（第三册第1课）

燕子，汝又来了。旧巢破，不可居。衔泥衔草，重筑新巢。燕子，待汝巢成，吾当贺汝。（第三册第3课）

种桑数亩，春日发芽，芽渐大而成叶。农家妇女，携剪刀与筐，同往采桑，以为饲蚕之用。（第三册第8课）

帽所以护脑，四时皆用之。天暑时，多用草帽，天寒时，多用呢帽，或以缎布为之。（第三册第12课）

庄儿将入学。母曰："儿尚着棉衣，不觉热乎？人之衣服因寒暑而异，今日天热，可易夹衣。"儿曰："诺。"遂易衣而出。（第三册第13课）

温课已毕，弟谓兄曰："吾辈可游戏乎？"兄曰："弟欲何戏？"弟曰："吾辈有竹刀、木枪，习为兵队可乎？"兄曰："可。"遂率诸弟，为兵队之戏。（第三册第16课）

瓶中有果，儿伸手入瓶，取之满握，拳不能出。手痛心急，大哭。母曰："汝勿贪多，则拳可出矣。"（第三册第24课）

大雨如注，田水骤满。既晴，数农夫头戴笠入田插秧。秧针出水，长二三寸，分列成行。（第三册第30课）

贾易七岁丧父，其母彭氏，纺织以自养，令易入学读书。有时与以钱，为果饵之费。易不忍用，积得百钱，仍以还母。（第三册第40课）

池中种荷，夏日开花，或红或白。荷梗直立，荷叶形圆。茎横泥中，其名曰藕。藕有节，中有孔，断之有丝。（第三册第49课）

秋夜，有蟋蟀鸣于墙下。弟问姊曰："蟋蟀口小，鸣声颇大，何也？"姊曰："蟋蟀有四翅，振翅发声，非以

口鸣也。”（第四册第3课）

瓷缸贮蜜，群蝇咸集。一蝇贪食不已，足为蜜胶，不能脱。群蝇见之，皆飞去。贪食之蝇遂死蜜中。（第四册第4课）

除却国文课本，其他科目也秉持理念，惯性此例。

李生有地图，张生借阅之，约日曜送还。及期，张生如约，送还李生。（1923年版《新修身》第四册第13课）

吾乡多山，青翠如画。天晴山现；天雨山隐。我问母曰“山何以能隐现？”母曰：“天晴无云，故山现；天阴有云，故山隐。云能蔽山，山不能动也。”（1927年版《新撰国文教科书》第四册第27课）

同时期的学堂乐歌，也如此。除李叔同那首著名的《送别》外，尚有一些值得回味者。

《纸鹞》：正二三月天气好，功课完毕放学早。春风和暖放纸鹞，长线向我爷娘要。爷娘对我微微笑，赞我功课做得好。与我麻线有多少，放到青天一样高。

《放牛》：放牛放到山上，山上青草长；放牛放到山下，山下百花香。老牛吃得快活，连赞好食粮；牧童玩得快活，山歌随口唱。

《春游》：春风吹面薄于纱，春人装束淡于画。游春人在画中行，万花飞舞春人下。梨花淡白菜花黄，柳花委地荠花香。莺啼陌上人归去，花外疏钟送夕阳。

有一首《我家门前有小河》的童谣，至今仍有人传唱："我家门前有小河，后面有山坡。山坡上面野花多，野花红似火。小河里面有白鹅。鹅鹅戏绿波。戏弄绿波，鹅鹅快乐，昂头唱清歌。"从歌词、旋律的风格推断，也当属那个时代的产物。

子曰："少成若天性，习惯如自然。"诗意教育看似审美灌输，实则人格教化。沉吟铺辞，清峻慷慨，蕴涵端重，结言端直，读书人的气质风骨，皆濡染于规行矩步里，近朱在为学大益中。

民国小学生的古文功底

民国小学生的古文功底，实在令人惊愕。

1933年7月5日，四川茂县叠溪发生地震，郫县县立第四小学李萁的《记地震》对此有切身体会："民国二十二年，七月五日。余正伏案潜修，忽闻屋宇有轧轧之声。因出户视之，则见树木倾斜，花草摇动，溪水有汹涌之状，墙垣有簸动之形。吾方惊诧，觉地面簸荡，若乘舟而涉波涛者，噫！奇异哉，非地震欤？因思夫震撼之大，时间之久，为前所未有者。不数日，友人告余曰，前日地震，茂县以上之大山崩颓，压死人民，不可胜数，岷江上流，为之壅塞。余因之有感焉。吾人处此安全之地而不受地震之灾，岂非吾人之幸福乎？虽然，中华四面受敌，外人协以谋我，国势飘摇，较地震尤烈，吾人不得狃于目前之安全而忘土崩瓦解之危险也。"此番情景，与发生于2008年5月12日的汶川地震何其相似，茂县与汶川紧邻。

佚名的《还书笺》，文虽短，却含了几重意思，叙事层次分明："疾患数日，卧居无聊，惠借《天演论》病中阅。读罢霍然，胜于参苓矣。谨先奉缴，得暇再当借阅。此书理境深奥，非草草如烟云过眼便可了然。闻尚有桐城吴先生改本，未审足下有是书否？鄙意可将二书参观，借以研精文法，至其妙理，当无出入耳。足下如无此书，可由弟处购备，彼此合用，以节费。宅址不远，朝夕可相见也。贱恙渐见痊，稍健当到学晤面，不尽缕缕。"还书未道谢，又推荐了一书，有学人之风。

佚名的《记拔河之戏》，通过一游戏阐明一事理，深得"文以载道"之精髓："时而不移寸步，时而突然左移，时而突然右移。胜者欣然，负者每起种种责言。而所以胜者常强于众人，尽力突出于不意之间，若其胜者恒胜，负者恒负，必左右之人数、年力不相等也。若其胜负无常，或竟不移寸步者，必左右之人数年力均相等也。吾因之有感矣。盖拔河虽角力，而合于左者恒助左，合于右者恒助右，则较力之外又有同心协力之效。故凡事欲有胜无负，必同心协力。"

类似者尚有佚名的《记某童奇想》，其中充满思辨，又不乏幽默："某童夏日行乡间，中途稍困，憩一枣树下。仰首见枣实累累，远望田间瓜蔓纵横，瓜实亦熟。心念：'此大树而实戋戋者不盈一握，彼硕大者乃生于蔓草之间，天公非愦愦欤？使余为天公者，必将易彼以此。’念未毕，适一枣实坠额上，有声戛然。童跃而起曰：‘嘻！假此枣而为瓜也，头颅不足碎矣！’”

佚名的《记某儿乘汽车语》，类似说明文：“儿随母乘汽车，询母曰：‘此车行速，岂车轮被烧负痛急前奔乎？’母曰：‘非也。煮水成汽，汽力推动机轮，故轮疾转也。’儿曰：‘汽力若是大乎？’母曰：‘然。’儿翘首视窗外，见山河树木皆向后移动，又惊询曰：‘母试观之地将流向何处去乎？’母笑曰：‘否，吾车行也。汝不见云行月下，有似月驰云中乎？’儿恍然，自笑不置。及下车略坐，则又曰：‘我息，而地亦不动，得无地亦倦而息耶？’母闻言不禁大笑曰：‘顷间云月之喻又忘之耶？’儿拊掌不已。”将汽车运动原理、参照物等知识，以母子对白形式阐释明，寓教于乐，甚为巧妙。

佚名的《记某黠儿》所讲，为一顽童以爆竹惊马的恶作剧故事：“一黠儿喜侮诸动物，以为快。一日遇马于途，驱之不去，则以小爆竹数十，阴系其尾，燃之而逃。爆竹发，伤马足，马惊，疾驰过市，人不及避。仆以伤者踵相接，肩担而手挈者，失物尤得算。询知，为某儿所为，则群趋其家，仆伤者责医治，遗物者索赔偿，有马者索逸马。一室哗然，家贫父母无以应，痛责儿而谢诸人，且使儿速追逸马。儿追马至数里外，逸马在焉。然马识其为侮己者，仍惊逸不已，愈追而愈远。儿不得已哭且行，求救于乡农。乡农出马前而反逐之。始得曳以归。顾不敢入家门，请邻人告马主而还之已，则徘徊门外。饥渴甚，邻人为言于其父毋而纳之。自是黠性尽脱，不复敢侮诸物矣。”顽童虽劣，却也可趣，文字不长，生动鲜活。

广东番禺三区南田小学游权波的《清晨上学记》云：“庚午之春，某日晨起，推窗一望，则大雨淋漓。遍地红花杂绿叶，夜来风雨洗春娇，可为斯咏也。未几，入书房携书上学。出门，狂风大雨，扑面飞来，大惧急退。入坐房中，无聊而观书。忽观至‘讷尔逊冒雪返校’之事，醒吾心，一跃而起，再携书，奋勇出门。沿途花柳飘摇，泥泞满路，四望无人，独自前行，衣履尽湿。及到校后，乃更衣而坐，未几，钟遂鸣矣。窃思：人不为荣誉则已，若求荣誉，必坚忍耐劳以战胜艰难辛苦，方可出人头地！不然，则畏风怕雨，为山九仞，功亏一篑矣。乃记之以自勉。”讷尔逊乃英国海军统帅，曾率领舰队在海上击败不可一世的拿破仑，而成为风云全球的人物。幼时，讷尔逊同其兄同在一所学校读书。一次，时值寒假终了由家返校，途中突风雪大作，寒彻入骨，其兄劝阻前往，并一同返家。父亲得知此事后当即训斥，讷尔逊遂冒雪返校。文章前半部分讲事情缘由，后半截子明心路历程，这样的转合，今天的孩子们也常用，当属学童小把戏。文前的风景描写有些铺陈，似乎在为描写而描写，讷尔逊冒雪返校故事的套用也显生硬，两厢未能融为一色，但毕竟是小学生作文。格勤朝夕，怀抱古今，可励志的古代人物多矣，而此文选择一西洋故事，西风之劲力也。

广东梅县丙镇公学谢进云的《为学校拍卖展览品拟广告》云：“诸君，日前丙镇各学校，在丙镇公学校里，开成绩展览会，你们曾去看过吗？那成绩品的种类很多，制造又很精良，并且五光十色，式样新奇，图画呀，手工呀，无美不备，罗列在一校里头，真是好看极了。其中本校的成绩更为出色，那天看的人，见了这些成绩品，都十分欣赏。我曾看见很多人要想向他购买的，但是没有机会购得，我看了都代他可惜呢。本部体各方欢迎的热诚，应社会要求的需要，特向本校教职员及各校的校长，筹商妥当办法，现在已经就绪，将那又美丽又精好的成绩品，通通都交给本部代为拍卖了，不但物品精美，并且价格从廉，真是从来没有的好机会呢。诸君要买的，快快来罢。现在所存无多，就要卖完了，若是慢点子，就买不到了，请诸君不要失了这个好机会呵。”广告竟也是作文课的内容，一则说明教学思路广，一则说明教学的学以致用目的很明确，现代商业气息在类似梅县这样的桥乡业已很浓。

广东番禺三区南田小学陈文杏的《游大新公司记》云："省之胜萃于堤西，有物屹然如涌出，高立于中天，傲雨凌云，辉煌灿烂者，曰大新公司。背环云岭，面带珠江，诚胜地也。月之中浣，陈子方暇，游于其中。时也灯火齐明，笙歌聒耳，衣香鬓影，络绎如织，两梯如龙蟠，陈设美备。窃念世之进化已达极点，回忆上古茹毛饮血、穴居野处者，则判若天渊，风马牛不相及也。然而其中洋货居十九，固利权外溢，外人视中国为最大销货场，以化学之劣货博吾有用之金钱，奈之何民不穷且弱也！循梯而上，直达天台，陈设益备，穷极奢豪。有假石山、粤京戏焉、电影戏焉，俯视市廛行出，飞鸟渡柯叶上，鱼灯若隐若现。奇草异木，环拱栏旁，而生明月星斗，引袖欲随微风，砭骨颇切遐思。嗟乎！自有招商贾设公司之法立，则小贩工作之徒，竟有日不暇给之叹。虽然此固无足怪也，独怪乎，彼奸商者，惟知图利，不顾金钱外溢，土货则以为劣，诚大惑不解也。吁！外人吸收吾金钱，而吾无以制之则亡无日矣。"大新公司乃民国年间广州著名的百货公司，文言文写现代都市游记照样文质优雅。有人以为此类文体犹如僵尸，与现代生活龃龉抵触，扞格不入，此话恐怕绝对了。

佚名的《记友人豢西洋猫》，造意奇特，想象丰富，偶以动物寓理，有柳宗元《三戒》遗风：“昔苏氏子瞻曰：‘哺猫以捕鼠，不可以无鼠而畜不捕之猫。’良以捕鼠猫职也，猫不捕鼠则以为溺职猫矣，豢之非徒无益而且损费。

“吾友某家患鼠，硕且多，遇物无不啮，某以为非常猫可制。以十金购西洋猫，体甚庞，置之室中。饲以鱼，不食，饲以太牢则食。然信其能捕鼠也，虽日费太牢亦不惜。猫始至，鼠患少。息然，未见猫之捕鼠也，既而鼠复肆如故。久之，虽白日纷窜几榻，猫孰视之终不捕。

“友甚异之。予曰：‘是猫也，产自西洋，初未识中国鼠也。猫不识鼠，故鼠不畏猫。子不咎己之误，豢而徒咎是猫，窃恐猫不任咎，反为鼠所笑。’或曰：‘不然。明万历间，宫中有巨鼠，力能噬猫，适西洋某国有以狮子猫入贡者，责以捕鼠，鼠立毙。蒲氏留仙，志之详矣。安见西洋猫之果不识鼠乎？’予闻是言亦不敢决然，则今之西洋猫果有异于古之西洋猫耶？今之鼠果更黠于古之鼠耶？”这么一个小故事，起始即“昔苏氏子瞻曰”，此风也来自古人。

“家在巷之稍东，前有溪，沿溪杂植槐榆杨柳之属。下设石栏，每夏日晚晴，凭栏俯溪，游鱼可数。凉风飒爽，蜩蝉齐鸣，景至佳也。一入门则为广庭，南北四丈余，东西七丈余，旧通为一。数年前始插竹为篱界，为二区。当门出入之一庭，遂狭如一室。其上因篱架棚，棚上藤蔓附之。叶茂时如张盖，雨小不漏点滴，夏日经行无炙肤之苦，藤当花时野蜂游蝶飞绕滞架。篱下杂置盆栽，秋菊春兰，极清幽之趣。”本段文字选自佚名的《记家庭状况》，作者笔下的庭院，虽非豪宅，却也清幽雅静，中有余闲，竹露松风蕉雨，一窗佳景王维画，四壁青山杜甫诗。其自得，颇有白乐天《池上篇》之惬意，而无“吾将终老乎其间”之颓然。境由心造，洗尽尘滓，各花入各眼，我爱我的家。这样的景致，当属南方的某座城市。此文开篇曰：“余家居城东，附近有僻巷曰留芳。意必乡先辈有德行者所曾居，从而询之不可得，独巷名长留人齿颊间耳。”报得不凡身世后，也点名了“僻巷曰留芳”，无锡城有留芳声巷，不知是否一回事。请教无锡博友“枕砚散谭”，他说就是，并告知杨绛回忆文章曾提及此巷：其父杨荫杭1919年携家眷自北京返无锡，要租房子，其时，钱基博尚未在七尺场巷建绳武堂，杨荫杭去此巷看那座朱家宅院，钱家正租住其中，这是杨绛第一次接触钱家。写作这篇作文的孩子，该与杨绛是同龄人吧。另外，音乐家杨荫浏也居此巷。1954年城墙拆除后，此地多有变迁，如今面貌与文中描写已是大有径庭，不近人情焉。

接着是自家居舍的描述：“一人室，即一书室，左右图书满架，架前列客座，兼为酬应宾客之处。近窗东，偏设一书案，家君暇时每吟哦讽诵于此。一室后，一轩西通内室，内室凡四楹。东二楹，西一楹，俱为卧室。中一楹，为会食处，亦设客座，兼为酬应女宾之地。

“前即广庭，杂植梅桂方竹荆树石榴等，庭南蘊三巨石，瓮养小鱼金鱼虾蛤。夏则兼植红白芙蕖，庭阶户牖各有异趣。小鸟三两，时来巢枝间。三五月明，一家闲聚庭中，极尽天伦之乐事。

“一内室后通后室，数楹庖湢之所在焉。后室之后，有一大园中横一巨阜。阜前为圃，蓺蔬菜无数，四时不绝供肴馔之余，兼以赠人。阜后有竹数十竿，竹外墙阴有一池，沟通后溪养鹅鸭二三其间。以池无栏，祖母禁余辈至此。然偶游其间，萧瑟万状，恍有深山巨谷幽邃无涯之观。阜首有一桃树，婆娑偃仰，花甚大，不常实。去岁忽连枝累柯，稠密无数。熟时摘食，味胜常桃，以赠戚友家，无不叹为珍品。阜高可二丈许，登之隐隐见城堞环东北，近眺后溪人家砧杵歌呼之声，如出竹间。每春日，偕弟辈施放风筝其上，以为至乐。然此后园戏嬉，祖母不常许也。”东壁图书府，西园翰墨林。室雅何须大，花香不在多。此文有归有光《项脊轩志》的影子。

广东东莞女子高小学生杨觉明的《观飞机记》云：“癸亥之春，三月既望，珊洲演放飞机。余欲往观，深以独行踽踽为虑。既而二三知己过访余家，遂结伴往观。见夫游人如鲫，不绝于道。遥见一物，似舟非舟，似车非车，浮于水中，不知者，以为汽船焉。友人告余曰：此所谓飞机也。”此开篇显然是受到了苏轼《前赤壁赋》之卷首“壬戌之秋，七月既望”的启发，民国癸亥为1923年，当时的习惯应是民国三十四年。

四川万县分水场县立第二小学陈晓初的《书楼望月记》云：“一夕，人静矣。余倚窗读书，偶见月光射入，宛如白练，顿生明月入怀之感，遂弃书起立，循栏徘徊。见夫玉兔悬空，光辉皎洁。举目四望，万籁寂寥，清风夜起，促织微吟，顾而乐之。适有孤鸿横岭东，展翅如车轮，玄裳缟衣，戛然长鸣，其音交交，掠余而西也。时已夜半，月凉似水，忽见草际微动，黑影隐露。余不禁长啸，叹曰：‘人耶？鬼耶？何裹足而弗前！’半晌无声，长空寥廓，清寒殊甚。少焉，嫦娥西匿，余亦就寝。”此文有《后赤壁赋》的影子。

四川郫县县立第四小学魏邦权的《听鹃记》云：“民国二十二年三月二十一日夜，解衣欲睡，见月色入户，欣然起行，斯时明月在地，庭中积水空明，水中藻荇交横，龙蛇蟠结，盖竹柏葡萄影也。已而庭树之上，鸣声凄切。倾耳听之，似唤‘不如归去’者，盖杜鹃也。其鸣急迫，其声凄厉。凡入耳者，未有不动于衷也。夫鹃一鸟耳，昼夜悲鸣，催人耕作，故又谓之‘催耕鸟’焉。余听之，不禁有感于中矣！夫人生之光阴有几，而九十春光，犹如白驹过隙焉，彼杜鹃者，夜半啼血，欲唤回将去之东风，吾人对此垂暮之春，能不感韶华之易逝哉？因听鹃而作记自警。”东坡千载，不缺知音。此文也由苏轼的《记承天寺夜游》蜕变而来。

这类文字虽有模仿效拟之痕迹，却无鹦鹉学舌之因袭，虽有依样师法之套路，却无邯郸学步之成拙，足见古文记忆之深刻，心摹手追，稚嫩尤在，一招一式、一词一句皆有出处。民国时期，虽有白话文运动在前提倡，但教学的正统、文脉的嫡传仍在文言，魂兮尚有所依。既如此，又自然不伪，免造作之态，皆为所见所闻，俯拾而来而已，故又不失童真天趣。这些烂漫无邪的小作者，穿着棉长袍，背着布书包，与今日学童有着同样的顽皮、同样的好奇，不同的只是塑造有异，引导迥殊。那时培养出来的学生，多圆行方止，聊以从容，实在渊于学立道通、自然贞素的古韵古意奶水。

今天小学生有所谓的“三怕”：一怕文言文，二怕周树人，三怕写作文。昔时小学生是否也有？鲁迅的文章那时尚未入选课文，故不必为拗口艰涩、隐晦难懂发愁，但文言文的数量要比今日大得多，好在社会上大的文言环境尚存，读书人之间的交流多不弃之。作文也是要完成的，且比例还不小。学生如何恐惧写作文，只因僵硬模式、呆板教条下的命题作文、按图作文，非儿童立场视线，非儿童认知规律，故而窒息了兴味盎然的童趣，扼杀了自说自话的认同。那时也有诸如《全国小学国文成绩文海》（上海崇新书局1926年再版）、《小学作文读本》（上海三民图书公司1935年版）、《小学模范作文》（上海大方书局1947年4月再版）、《学生模范日记》（广州大成书局1947年6月版）之类的“范本”，否则当时被选的优秀篇目，今人便很难分享到孩子们的百年心情了。如何规范，且又不损害其脾胃，应是有讲究的，但绝非主题突出、思想鲜明、结构完整、首尾呼应式的规范，那无异于囚囿想象，幽闭思兴。“不要教训，要劝说，不要灌输，要启发”，这两句叶圣陶在编辑《开明国语课本》时说的话很是贴切，民国时期的小学生作文教育，也持此种理念，故能以儿童生活为中心，取材从身边开始，随生活进展，渐拓广大。

佚名《泅水记》云：“余家负郭而居，田塍弥望，塘浦纵横。舍后一塘，大可三亩，柳阴四围，蜩鸣蛙唱。若相酬答村童数辈时，相与游泳其间。”

佚名《记扑萤》云：“暑夜乘凉，偕诸兄妹坐庭院间，射谜语，捉迷藏，歌俗谣，扑流萤，觉人生之乐无逾于此。今言扑萤之乐。”

广东番禺三区南田小学卢焯坡的《春郊游记》云："某月某日，校中放假。课余在家，殊无聊赖。闻街外有卖花之声，遂知春日已至。披衣出外，不觉步至山下，牧童三五，坐牛背上，吹笛唱歌。再前行，青山绿水，白鸟红花，杨柳垂绿，桃梅堆锦。仰望白云如絮，俯视碧草如毡。见有茅亭，乃入座。未几，炊烟四起，红轮欲坠，乃步行而回。就灯下而记之。"

广东番禺三区南田小学江炳崧的《夜月采莲记》云："饭后斋中独坐，好友忽临，约往外游。乃束装偕往，盖月下泛舟也。舟次池中，举目四眺，则亭亭独立，不蔓不枝。微风吹来摇曳波中者，凌波仙子也。而月影星光，益辅其美，殊可乐也！余以良宵美夕，人生难再，故至夜阑兴尽，始摇舟而归，并携莲一枝，置诸瓶内，以驱尘俗。归而记之。"

四川郫县县立第四小学刘在镕《春江垂钓记》云："某星期日，学校放假。吾谓友曰：'时当春日，江水清澈，而江边之景又可玩赏。吾友可往江边垂钓否？'友曰：'可！'乃持竿而行。沿途纵观春景，时则桃红柳碧，草长莺飞，顾而乐之。不觉已至江边矣，余与友乃于垂阳下，选钓鱼矶而坐。则见浪花四散，水天一色，真奇观也。"

广东番禺三区南田小学黎寿泉的《春日游公园记》云："星期之日，偕友某君作公园之游。时则春风和煦，园花盛开，草木青葱，群鸟飞鸣，游目骋怀，至足乐也。至音乐亭畔，闻有乐歌之声自放音机出，因与某君驻足听之。既而环游公园，乃知放音机之设，遍于园中。公园之大，一人歌之，千万人得而听之。与民同乐，其斯之谓欤？游罢归来记之。”

广东番禺三区南田小学黄自强的《中秋赏月记》云：“银河泻影，丹桂流香。此何时乎？盖秋时也。晚膳后，入小园中，作散步之举。既至，举头四顾，但见万家灯火，辉映天空，如星罗棋布。”

广东蕉岭高小学生丘佩珠的《初夏新晴》云：“一雨经三月，困人无限情。不图初入夏，乍喜得新晴。残滴千红落，浮烟众绿生。湿云遮树淡，烘日照窗明。阶砌苔痕重，田畴麦浪平。风光正佳绝，芳野乐间行。”

佚名的《记水中月》云：“昨夜苦秋热，不寐。见窗外月光湛然，因起，徐步庭中。庭隅一缸，承檐漏。月下视之，水清可鉴。”

佚名的《梁溪记》云：“锡邑西南滨震泽，多小溪短港，而梁溪为巨。乡之人于溪边环堤为池，以之养鱼，数十里弥望不绝。鱼多鲭鲢。春时下鱼苗，实以水荇，饲以溪蛤及螺。二三年更番，取出获利殊丰，此亦实业家所宜注意者也。池堤多杨树，杨性喜水，其根能固堤。泛舟其间，如入绿杨城郭。池鱼既多，水鸥争集，鸥作白色或灰色，舟行惊起，其声格格。池中多以绳经纬作巨网，间插长竿，竿顶系败扇或束草如人形，所以惧鸥也。堤上构茅舍，守者宿其间，下系渡舟。每夕阳初下，渡者加多，柳边人歇，静待船归，风景真堪入画。溪中渔舟往来不绝，薄暮即泊舟池畔。炊烟缕缕，浓雾四塞。斯时，树色山光，一抹淡痕沉沉睡去矣。溪以梁伯鸾所曾隐，因名之曰梁溪，而邑中别名亦曰梁溪，则以小概大，或亦名学家所称为例外者矣。”

留此湖山，得此佳趣，召以佳景，假以文章，其中含蓄美感的景致描写，不是只合梦里才有，或只是村口的随处可见，或只是郊野的极目远眺，虽非秀山丽川，名胜古迹，却充满了诗意。这样的描述与古时田园诗中的吟唱，异曲同工，不期而合。中国南方长大的赛珍珠在1938年诺贝尔奖的奖台上曾深情道：“世界上最美的人是中国人，最美的地方是中国乡间的田野和村庄。”晚年的英国汉学家李约瑟见到晚年的瑞典汉学家高本汉，李约瑟问：“你最近一次去中国是哪一年?”高本汉道：“1928年。”“为何近几十年都没回中国去看看?”高沉默片刻，自言自语道：“我更喜欢古典的中国。”高本汉所说的都是民国时期古典意味尚存的中国。

这些作文，还记录着孩子们快乐的童年，后人读之，不觉怅然。人间已换，人非物亦非，时光流逝，不知老之将至。同时期的李叔同曾将美国民谣*My Dear Old Sunny Home*填作《忆儿时》：“春去秋来，岁月如流，游子伤飘泊。回忆儿时，家居嬉戏，光景宛如昨。茅屋三椽，老梅一树，树底迷藏捉。高枝啼鸟，小川游鱼，曾把闲情托。儿时欢乐，斯乐不可作。儿时欢乐，斯乐不可作。”

1920年1月，五四运动后不到一年，民国教育部即下令将初等小学国文教学改为国语教学，即由文言文教学改为白话文教学，于是各地小学陆续开始采用国语教科书。20世纪30年代后，白话文课本取得全胜。至此，小学生们开始学习白话文，文言作文渐也消失。贺麟曾言：“谈学应打破中西新旧的界限，而以真理所在、实事求是为归；作文应打破文言白话的界限，而以理明辞达、情抒意宣为归；翻译应打破直译意译的界限，而以能信、能达且有艺术工力为归。”他的“作文应打破文言白话的界限”表态，实则对文言作文的肯定，无奈大势使然，螳臂当车，不知其不胜任也。

日人对商务教科书的删禁

日本政府就商务印书馆出版的教科书中的内容极为不满，曾多次交涉，要求删改，无果。1932年“一·二八”淞沪抗战中，日军在商务印书馆上空投掷了六颗燃烧弹，第二天又派日本浪人将未被炸毁的东方图书馆纵火焚烧。上海上空几十里纸灰蔽日，三天不散。至此，商务印书馆的厂房及东方图书馆尽毁。后经努力，于七个月后部分复业，但元气大伤，已今非昔比。为何对一家出版机构会如此恨之入骨？1940年，日本学者实藤惠秀在其出版的《日本文化对中国的影响》一书中，将商务被毁的原因归纳为二：一则，全国所用大部分抗日教科书为商务所出版；一则，“一·二八”淞沪抗战中，中国军队驻扎在商务印书馆的厂房里。

后来在查获的日伪档案中，见到了日人对商务教科书的删禁令，仅小学语文、历史、地理部分就达六十处。商务史研究专家汪家熔，将其大致归纳为七类。

一、不许爱国，甚至不许别国孩子爱中国：

1. 初小修身第六册第十三课。该课讲郑国人弦高，路遇秦兵偷袭，冒充奉国君命犒劳，使秦退兵的故事。

2. 同上第十四课。该课言：“各尽一份心，各出一份力，保护这个大国。国势兴旺，是四万万人的光荣；国势衰弱，是四万万人的耻辱。”

3. 初小修身第八册第二、三课。该课讲李若水的母亲见到从金兵处逃出的康王，招待他吃饭，并告诉他宗泽所在。

4. 高小修身第二册第十四课。该课讲文天祥宁死不受元朝招安的故事。

5. 初小修身第六册第十二课。该课讲德国兵在法国，问法国女孩法兵的方向，女孩说不能告诉他有损法国利益的话。

6. 高小修身第二册第十一课。该课讲原马尾船厂工程师迈特在华生的孩子，随迈特回国后，听说德、俄、英占我胶州湾、旅大、威海湾后，日夜流泪。

7. 高小国语第四册第四十二课。该课讲俄国侵入波兰，正包围华沙，发现一个会吹号的波兰孩子，强制他晚上在城下吹《波兰曲》，想骗城里以为救兵来了开城。他吹了悲凉的曲子。城里人听到后惊醒起来，俄国人没有得逞，用刀砍死了这孩子。

二、不许与帝制有违碍：

1. 高小国语第三册第四十九、五课。讲蔡锷起兵护国，反对袁世凯实行帝制。

2. 高小修身第三册第七、八、十一课。第七课讲“国家的主权属于我们人民”，第八课讲“国会议员由人民初选”，第十一课讲“总统是我们的行政领袖”。

3. 高小历史第二册第二十课。该课讲辛亥革命建立民国，清帝逊位。

4. 高小历史第三册第二十至二十二课。为《民国之开创》上、中、下三课。

三、不能触及日本的“尊严”和历史癞疤：

1. 历史第二册第四课。该课说“明成祖册封日本、琉球”。

高小历史第二册第四课。该课题目叫《倭寇》，课文提及：“日本海滨之民，遂以劫掠邻国为事，史谓之倭寇”；“明神宗时，日本丰臣秀吉又欲侵中国，先攻朝鲜，大肆杀掠。”

2. 高小历史第二册第十六课。该课题目叫《中日之战》，课文提及日本“明治维新军政日有进步，于是先取琉球，继窥朝鲜，皆我国之东藩也”。

3. 高小历史第二册第二十一课。该课题目《民国之变故》，其中提到："欧洲大战起，日本攻取青岛，致最后通牒于我政府，得南满、东蒙、山东之权利。"

4. 高小历史第二册第二十二课。该课题目叫《民国之外交》，其中提到："最后通牒者，即所谓二十一条件也。国人对于日本之横暴，已有抵制之决心。"

5. 高小历史第三册第十四课。该课题目叫《清代的国际》："日俄两国在东三省开仗。嗣此以后，日本在南满洲，俄国在外蒙古，英在西藏各自伸张势力，侵犯中国主权。"

6. 高小历史第三册第十九课。该课题目叫《清之季世》："李鸿章请立海军。时日本亦力图振兴，先取琉球，继窥朝鲜，遂于中国战。中国屡败，海军及根据地尽失。议和，赔军费二百兆，割辽东半岛及台湾、澎湖诸岛。后以俄、德、法之干涉，退还辽东，加赏银三千万两。"

7. 高小历史第三册第二十二课。该课题目叫《民国之开创》，课文讲："欧洲大战起，袁［世凯］守中立，而日本出兵攻青岛取之。旋以二十一条迫袁氏承认，以攘取山东、东蒙、南满之权利，且为并吞全国计焉。"

8. 高小历史第四册第十九课。该课题目为《日本变法暨朝鲜之灭亡》，课文讲："日本变法之初，与中国、朝鲜修好。

然其后侵台湾，掠琉球，不顾中国之抗议。且称朝鲜为独立自主之国，诱使附日。西元一千九百十年，日本遂并朝鲜。”

四、地理书也不能有损于日本“尊严”：

1. 高小地理第一册第七课。该课题目为《山东省埠》，课文讲：“胶州湾在山东半岛南岸，亦为香港。欧战时日本夺取之。”

2. 高小地理第三册第七课。该课题目为《广东之著名岛屿》，文中讲：“大东沙岛在汕头西南海中，岛形如马蹄铁，为积沙所成。沿海渔船麇集，日人尝窃踞其地，驱逐我渔船而经营之。交涉累年，始获收回。”

3. 高小地理第三册第十二课。该课题目为《抚顺之煤》，文中讲：“抚顺煤矿，在深河南岸，产额甚富。清季承认日本有开采本矿及烟台煤矿之权。”

4. 高小地理第三册第十三课。该题目为《旅顺大连湾之租借》，文中讲：“大连湾位于旅顺口东北，口宽水深，亦无冰期。光绪二十四年，旅顺大连两地，均租于俄。光绪三十一年俄为日败，又转租于日。民国四年，日本迫我订延长租借之约，为全国国民所否认。”

5. 高小地理第三册第十四课。该课题目为《吉林各埠概观》，文中讲：“以上三处均为吉林省著名之岛。清光绪三十一年同时开放。尚有因近年交涉著名之地曰间岛，本指光雾峪前假江之地也。完全为我国领土。日人妄扩大其范围，将韩人在和龙、延吉附近之垦土，均包在韩国旧领之内。交涉数年始行收回。”

6. 高小地理第三册第十九课。该课题目为《全国交通概况铁路》，文中讲：“已成之路，推京奉、京汉、京绥、津浦、沪宁数路较长。其余非由外人兴筑，即线路较短。奉天境内，线路虽不短，但南满、安丰二线，路权为外人所握。”

五、不可宣扬民主与自由：

1. 初小修身第七册第八课。该课题目为《自由》，可推断其内容。

2. 高小修身第三册第七课。该课题目为《国家的统治机关》，讲立法、行政、司法三权分立。

3. 高小修身第四册第二课。该课题目为《公民的权利和义务》。

4. 高小修身第四册第四课。该课题目为《参政》。

5. 高小修身第二册第十三课。该课题目为《只求自由》，讲美洲独立战争时，一英军使者到独立军司令部，看到独立军的伙食非常糟，而独立军告诉他：“我们所爱的是自由，我们为自由而战。虽是咬草根嚼树皮，觉得他的滋味比肥鱼大肉还要好。”使者想：“没有饷，不拿俸，饥不得食，寒不得衣，却尽力战争，我们怎好和这样的人战呢。”

六、秃顶不许人说亮：

高小修身第七册第十四课。该课题目为《当兵的职务》，课文说：“兵是杀戮人民的吗？杀戮人民的，是匪不是兵。兵是侵略他国的吗？侵略他国的，是世界的公敌，也不是兵。那么兵的职务是怎样的呢？一、平定地方的匪乱。二、抵御他国的侵务。”

七、莫名所以被禁止：

高小修身第二册第十二课。该课题目为《赵奢收税》，讲赵奢不怕平原君，要其必须依法纳税。

日本侵华，一手在武，一手在文。武者第一战场，文者第二战场，当时就有一支号称“笔部队”的大军。武者凶暴残忍，丧心病狂，文者诡谲诈故，巧取豪夺。武者因是切肤之痛、奇耻大辱，故镂心刻骨，没齿难忘，文者的危害斫伤因系间接，损失难以量化，多被忽视不计，但其损失久远漫长。据中国政府1946年提交的《文物损失估价表》统计：战争期间被洗劫的著名历史古迹达741处。教育部于战后曾编一本《被日劫掠文物目录》，内中列举的查有实据的被劫文物，包括古籍、字画、碑帖、古物、艺术品等，共360.7万件另1870箱。

这只是有形的文化破坏。对商务教科书删禁之精密，可知其文化侵略准备之充分，参与之深入。日人觊觎我久矣，明治之后，便有其“如欲征服世界，必先征服支那”的详尽大陆政策。从抗战中缴获的军事地图可知，其对每个村庄的地形都予以过测绘，对政治、经济、文化、教育的了解，令人直冒冷汗。文化方面，对江南地区的公私藏书则了如指掌，如日本静嘉堂文库对皕宋楼、守先阁藏书的采购，对华北地区的各处文物如数家珍，《赵城金藏》一经闻名，日本即派东方文化研究所前来考察，后又有日僧欲行收购。最早的山西文物普查竟是日人所为，小野清一、日比野丈夫曾合著有《山西古迹志》。

对商务教科书删禁的同时，日本侵占东北后即刻出版了自己的教科书，其中连秦汉、隋唐、宋元文学也不准讲授，诸如《桃花源记》《岳阳楼记》《师说》《前赤壁赋》等传统教学名篇也在此匿迹。与此同时，强行焚毁带有民族意识的书刊650万余册。与此同时，大量自日本进口书刊。据统计，1936年，日本对东北输入的书籍为58.7万册，到1941年猛增至3440万册。1939年，输入东北的报纸为5495万份，为中国关内输入量的10倍；杂志827万册，为关内输入量的487倍。以平均每天输入量计算，日本输入东北的书、报、刊数量是：报纸15万份，杂志2.2万份，书籍4.9万份。

不光对商务印书馆，其早在1916年1月中华书局推出教科书《国文》和《修身》时，因其中的《日本》《国耻》《明国耻》等课文，告诫学生勿忘国耻，奋发图强，遂引起日本方面的不满，日本驻华大使恫吓道："此种煽动对日恶感之教科书，不特有碍邦交，且恐将来国交上发生有害之结果。"中华书局则回应："本书新式教科书中所叙国耻，皆系事实，并无挑拨各语。"若按其要求禁止教科书的发行，"有损于本局之营业，关系尤小。使全国青年学子，从此遂忘国耻，关系实大"。

龚自珍言："灭人之国，必先去其史；隳人之枋、败人之纲纪，必先去其史；绝人之材、湮塞人之教，必先去其史。"日人所为，即龚定庵所指。然纵使极度删禁，作为文化人的删禁者也应明白"恃德者昌，恃力者亡"的道理吧。

痛心读此书

具有官方背景的日本东亚同文会，于1901年在上海开办了东亚同文书院，生源招自日本，毕业生大都安排为对华情报人员，成为后来侵华骨干。书院自1907年至1917年间，共派遣千余名应届毕业生分赴中国各地，调查编撰了《中国分省全志》。编撰此书之目的，在于全面掌握中国的国情，为以后侵略做准备。其十七卷为《山西省志》，成书于1920年。

该志的重点在自然概貌、经济交通，由于材料依据为调查所得，细大不捐，纤悉无遗，自井水甘苦、道路夷险，到运输能力、米面价格，均逐一记述。比如对太原府城的记述，除却位置地形、户数人口外，对城区及市面情况，多感性笔触。“城中心有一座高大鼓楼（周围四三点二米、高四丈），街道由此向四面延伸，再通向八方。马路整齐，路宽七至九米，马路两旁有排水设施”。还记录了市内的桥头街、帽儿街、灰市街、龙王街、估衣街、活牛街、米市街、麻市街等繁华街巷，督军公署、道尹公署、电灯公司、保晋公司等主要建筑。对商业地位的描述是“因附近有全省商业中心——太谷，故发展缓慢”。而对于榆次的描述是“榆次地处山西商业中心城市太谷的门户，近来显蓬勃发展的景象”。当时的山西商会即设于省城之外的太谷县，这在全国属特例。

对太谷县城的记述是“商业繁荣，实为全省之冠”，“市内票庄钱铺等大商行鳞次栉比，建筑物一般规模宏大，不愧为资本家之发源地”，“金融市场虽发达，但工业无一可称道者”。在平遥城内交通繁忙处，其测得“十分钟内通过行人三十五人，马车三辆，马二头”。长治城内的测量点是繁华的西街，“十分钟内通过行人一百四十二人，马车三辆、马五头，大车三辆”，还记述该“城区的一半化为耕地，已无昔日之面貌”。

对工业的调查，甚至详尽到了原料价格、机器台数。如对位于太原三桥街双福火柴公司的统计：原料使用的化学药品大都为西洋产品，均自天津采购。黄磷一百磅、70两；氯酸钾一坛（五十公斤装）、18.50两……设备有梗木卷刨机二台、切梗机一台、排梗机八台、折梗机六台……酿造行当中，潞酒的原料为高粱（一斗）、大麦（一石）豌豆（三斗）、小米糠（五石）。汾酒的工艺有四，其中的制曲法为：“先将大麦和豌豆磨碎，混合，加入少量的小米糠，随即放入大小的木模中加水数次用脚踩实，制成曲砖。然后放在小温室里，由一种叫山麻（土名叫臭蘽）的杂草覆盖。上面再盖上麦秆，这样放置三四天，换一次麦秆，前后经过二十一天即三周左右干透后，取出即可成曲。”其1914年的统计是，山西全省共有酒厂1615家，合计产量为12952821斤，产值1052754元。“潞酒酷似酒精，汾酒则类似日本的上等烧酒，其味醇美”。

对各县域的工业手工业的情况也是了如指掌。以盂县为例，当地有九家染厂，主要有五色恒心店、西福元等七户，原料来自顺德府，其中紫色一筒为六两五，绿色一筒为八两……坯布来自获鹿。织席户两家，每户雇工四五人，每人每日付工钱三百文，芦苇由乡下收购，价格每尺十八文，产品价格是长八尺、宽五尺者四百文左右。麻绳户四家，生丝业由县署直接领导。外地产品均来自获鹿，两地间运输需三至四日，每头骡子的运费为三串，可驮二百三十斤左右，路线是获鹿—井陉—固关—阳泉—河底—清城—盂县。上市的火柴牌号有王福、三马、捷军等十种，一包十小盒。五十文。卷烟有烤鸡、飞龙等五种。商号主要有义和隆（棉布类）、三成蔚（杂货）等十二家。

山西以矿产资源丰富而著称，“其中煤炭储量为世界所仅见，其次是铁”。对当时声名显赫的保晋公司及收回矿权运动，此志专辟章节予以介绍，对股份及付息、薪俸及赋税、恤赏及惩罚、销场及权限，都有详述。“该公司成立时，总局设在省城海子边，为方便工作起见，现已迁至平定阳泉车站”。公司总理为崔廷献，平定分公司经理刘振秉，大同分公司经理王祥麟，上海卖炭分公司经理郝东仁……对境内各地的煤炭特征分六十六项予以摹状，沁水煤“外观柔软，易破碎，无光泽”，辽州煤“黑色，斑条很多，有光泽”，临汾煤“断口呈菱形，煤烟甚多”，大同煤“表面带棕色，断口呈暗黑色，有斑纹，多光泽，乍看似无烟煤，触摸不脏手指”。

对农业及农产品的调整也十分的细致。如太原地区的一把大锄为六百文，一把小锄为二百文，耙齿三十五文，犁铧七十五文……阳高地界的春麦出芽期在4月6日，出土期在4月16日，出穗期在6月12日，收获期在7月12日。关于黑穗率、杆高、穗长、产量等等也都有统计。

对正太铁路的缕述，更达到了不厌其详程度。修建此路的贷款来自俄国的华俄银行，1899年4月借款2300万法郎。“本铁路和划归英国修筑的道清铁路一样，目的在于开发山西的矿产，但俄国所以着眼这条铁路，有其另外的打算：将求如果作为西伯利亚铁路的支脉，修筑一条自库伦起，经归化城、大同、太原等地，西出陕西西安，抵达四川成都的大铁路，则正太铁路不仅可以作为这条铁路的支线，成为进入直隶的捷径，而且可以和俄国在幕后牵线而获得经济特权的京汉铁路接起来。”“签订草约时预定铺设宽轨，但线路勘测后发现宽轨耗资巨大，即便改为窄轨，经费仍恐不足，于是在1942年8月签订正约时，将借款金额改为4000万法郎。”这便是正太铁路日后为窄轨的真正原因。其以车站为基点，对路基标高、最大坡度，以及铁轨、枕木、路基、铁桥、隧道，均有周详之笔；对附属工厂的设备、消耗、职工、杂工数，甚至守车、摩托车数量均知根知底；对运费、厘金详述到了琐碎，如对皮货税金的抽取，狼皮、羊皮、骡马皮、豹皮、海龙、水獭、狐皮、牛皮各有不同。对于纳税手续的叙述是：“凡运来货物均须接受货捐局查验，交纳规定的税款。查验时，如系交运输货栈运来，只须出示提单即可。其他则须一一查验，不胜其烦，纳税时的货币换算率是：银一两换洋二十角、一角换钱八十文，一串文换钱九百文。”“所征税款均上交省财政厅作为省政经费。”

对各地陆路间的交通记录也非常的详细。如对太原至忻州段的描述：自太原府城北行五华里，过十里铺庙黄塔后，道路变窄。继续北行，左右两侧的断崖越来越高，有的地段高达五丈多。路宽约五米，但蜿蜒曲折，起伏不定，车行困难。……

青龙镇北有一河东流，宽约四十米，河床泥泞，车马跋涉困难。过此河后，大路逐渐上爬，途经黄土寨、小牛店，又过一河。此河平时无水，河床遍布砂砾，巨石累累，车行困难……描述可谓细致入微，不厌其烦，下如此大的功夫勘测，目的性似乎很明确，这让人想起抗战时缴获的日军军事地图，其对每个村庄的地形都予以过测绘，对当地政治、经济、文化、教育的了解，令人直冒冷汗。

就山西的调查，东亚同文书院一共向山西派出过七批学生，其有实地考察踏勘者，甚至以计步器测量距离，其大部分资料显然来自国人的提供，否则不可能将公司内部文件悉数抄录。究竟这些情报是如何获取的，书中没有交代，也予人留下了想象的空间。具有讽刺意味的是，如果不是此书的记录，那个时代无论是内部还是外部的资料，早已冰消瓦解、荡然无存了。

1925年夏，东亚同文学院组织人员考察晋绥。其考察偏关、河曲、保德后，沿黄河至碛口，沿柳林、石楼、离石、汾阳、文水、交城、清源至太原，历时两个月。加藤真一《山西纪行》对此有过详细记录。自河曲到保德，住在一户人家，“主人夫妇都说是‘来了贵客’，张罗着给我们做了小米饭加泡菜，很香”。“六月二十七日。五点钟，喝了些小米粥后，辞别小土窑的一家人上了路。可爱的小姑娘们也跟着早早爬起来帮助打点行装，她们用依依惜别的目光一直目送我们”。沿途百姓问之“日本是哪个省”。从柳林至石楼时，情形有所变化。“发现有几个学生模样的讨厌的家伙正在探头探脑地窥视我们住的房间。大家不由得议论起来，都说今天中国人的态度有些怪。晚上近十一点时，来了一位自称是区长兼警察的人，态度很不客气地对我们说‘要雇去石楼的骡子很困难’”。之后，“以喇叭、锣鼓打头的学生的大型游行队伍已到了马店前。大约有三百人”。之后反日情绪一浪高过一浪，一行人只得匆匆结束考察。

在叹服日人严谨敬业的同时，也为日人的筹谋企图所震惊。要寻找那个时代的真实，竟要依重于一册外人的资料，国人之辱也。外人可以在自己的国土上肆意丈量，公开测绘，亦国人之辱也。国家积贫积弱，外人有恃无恐。“七七事变”尚未发生前，《太原晚报》曾报道过一则日本人在太原新满洲城制造一起车祸的消息。日本特务看报后，撇开政府，纠集城内浪人肆无忌惮、明目张胆地乘坐汽车来到报社质问闹事。当时社长牛青庵出差在外，无法答复。翌日，数名佩带手枪的日人又乘车前来。报社人员只好约定改日由负责人在编辑部专候。一日人临走前写便条曰：“你报所载新满城事件云云，纯属虚构，应登谢罪之广告而更正之，否则予以断然之处置。明日见分晓。”较之如此嚣张的行为，类似勘测这样的隐秘方式，已属收敛。而与之相对的是国人的沉迷不醒、麻木不仁、地方割据、一盘散沙。明治维新之后，日人“如欲征服世界，必先征服支那”的大陆政策既定，无论官民，所有机器皆为之运作，由此才有了甲午战争胜、日俄战争胜、以小博大、蝼蚁吞象的赌局。时过境迁，东海扬尘，今日翻读此书，仍回肠九转，痛心不已，痛定思痛，不堪回首矣！

资中筠女士在《有感于日本“知华”与中国“知日”的差距》一文中，对当年日本同文书院的精确情报以“触目惊心”的字眼感叹之：“湖南耒阳县深山老林里有一种宝藏，就是地下的无烟煤，质量特优，烧起来无味、无烟，只留下一点白灰。村民用来取暖做饭十分方便，有的就挖煤挑到30多里外的一个水路码头去卖高价，发点小财。由于交通不便，不可能大规模运出去，也没有外人来大规模开采，所以中国其他地方都未能利用这种煤，几乎很少人知道。无论在多大、多详细的地图上都不可能有这个偏僻山村的位置。但是后来父亲留学日本，竟发现日本人已经将此矿藏记录在案！那是在日本图书馆看到，日本的同文书院对中国各省调查记录报告中，记载有湖南宋阳田心铺（他们甚至知道这个小地名）某山上有无烟煤矿！这使他既钦佩日本人，又感到触目惊心。”

残酷战争下的笑脸

他们面对镜头，嫣然，粲然，微笑着，憨笑着，如若不说明拍摄的背景是在艰难竭蹶、停辛伫苦的抗战时期，全然以为是恬适服帖、安居乐业的太平之世。战争之残酷，生死之旦夕，在他们脸上丝毫看不出来。纵使兴师出征之前，炮火暂歇之间也是这样，他们中的大部分，都没有挨到胜利的那一天。这种冲着镜头的无邪笑容，不是挤压出来的，而是由衷的。

这种乐观还贯穿于生活当间。他们身着皱巴巴的裉色军装，无论长幼，都穿着自编的草鞋。从这点也可知战事之艰难，封锁之严密，连最起码的鞋都没有，军火就更缺了。面对现代化的日本军队，草鞋军人的优势除却数量多，只能是无畏牺牲了。几十年后，滇西农民仍不断刨出那场战争的无名殁者，判断敌我的标准就是看是否穿着皮鞋。魏德迈曾任蒋介石的参谋长，他对中国军队多有指责。例如他坚决主张兵员的给养，一定要使每人每日有3600卡路里的热量，所以每人每日必须吃肉半磅，黄豆或花生米四分之一磅及少量奶制品、水果、油盐等。当时何应钦以“中国人从幼不必吃肉，只吃饱就行了”，俞飞鹏以“补给鲜肉为难事”来推诿，都遭到魏德迈的驳斥，魏说：“最好你们留着肉给日本人来吃。”对于穿草鞋的军队，这样的要求，简直奢侈得不可思议。

“来华助战洋人，军民一体救护”，与衣冠楚楚、脚蹬皮靴的美国大兵相聚一起，他们也不见有自惭形秽、卑躬屈膝状，孔子所言“衣敝缊袍，与衣狐貉者立，而不耻者，其由也与”，宋濂所言“余则缊袍敝衣处其间，略无慕艳意”不过如此，有的只是自信和豁朗。看了这些拍摄随意的照片，给人的感觉便是，他们一定能赢，中国不会灭亡。那些虎贲将士是谁家的儿子，谁家的兄弟，谁家的丈夫，谁家的父亲？

抗战全面爆发不久，日军即占领了中国的主要大城市与95%的工业基地，沿海几乎所有的港口都落入了日人之手。而此时，仅存的国际运输通道滇越铁路，由于日军的破坏，运输量日渐减少，修建滇缅公路遂成当务之急。1938年初，滇缅公路开工。沿途28个县的20万民工自带口粮，风餐露宿，在缺乏施工机械的情况下，自备工具，劈石凿岩，经过十个月的努力，一条世界上最为崎岖的、跨越了中国最为湍急河流的、长达上千公里的公路终于通车。因青壮年都上前线去了，建路的主力是老弱病残、妇孺之人，《大公报》记者萧乾在《血肉筑成滇缅路》的报道中写道："秃疮脑袋上梳着辫子的，赤背戴草笠的，头上包巾、颈下拖着葫芦形瘿瘤的……老到七八十，小到六七岁，没牙的老媪，花裤腿的闺女都上阵了。"为修拓此路，死亡民夫达三千人，伤残者不下万人，平均每公里就有三名以上的牺牲者。

日军占领缅甸后，中国失去了唯一的陆上交通线滇缅公路，以后不得不开辟从印度飞越驼峰的空中航线。1946年，战争的硝烟散去不久，美国《时代》杂志第一期登载了一篇回忆驼峰空运的文章："战争结束，在长520英里、宽50英里的航线上，飞机的残骸七零八落地散布在陡峭的山崖上，被人们称之为'铝谷'。在晴朗的天气中，飞行员可以把这些闪闪发光的铝片当作航行的地标。"整个二战期间，美国损失在驼峰航线上的战机就达468架，牺牲飞行员1579人。这些金发碧眼的洋勇士又是谁家的儿子，谁家的兄弟，谁家的丈夫，谁家的父亲？而修建机场便成了当务之急。为适应战争的需要，云南先后出动150多万人次的民工大军，在对原有的24个机场进行改扩建的基础上，又另行新建了28个机场。1941年，陈纳德率领的"飞虎队"抵达昆明，其总队驻扎的巫家坝机场，平均每2分15秒就有一架飞机起降，每日的空运量达数万吨，是当时全球最繁忙的国际机场之一。修建这些机场的民夫，同样是老人和儿童。他们衣不蔽体，踵决肘见，纤夫般拉着巨石碾子滚过跑道。流沙河在一次演讲中曾提及他当年修机场之事："抗日战争爆发时我刚进小学，到我进初中的时候抗战已经进入最后阶段，也是最艰难的时期。我十三岁那年曾经与其他同学一起去美军的军用机场，跟所有大人一样参加劳动。一样吃的是糙米饭，米汤是红颜色有气味的；一样是八个人一桌，只有一小碗不见油花的盐拌萝卜丝。就这样修了一个星期机场。我们这些娃儿是怎样想的呢？——再不出力国家就要亡了。因为从小我们的老师就跟我们讲：一定不能当亡国奴！当了亡国奴就要像朝鲜人那样，见到日本人来了就要立正鞠躬，日本人要骑马还要垫背让日本人踩着上马。这就是亡国奴！因此我们从小就知道要爱自己的国家。"在纪念二战胜利50周年时，他还写过一篇《二战我修飞机场》的文章。他们又是谁家的祖父，谁家的母亲，谁家的妻子，谁家的小囡？

1942年3月，中国远征军在缅甸开始与日军作战，5月，中英盟军全面溃败。18日，在郎科地区指挥突围战斗中，戴安澜将军身中两弹；因无药物医治，伤口化脓溃烂，26日，殉国。当时缅境无木棺，将军马革裹尸还。苏武被扣匈奴凡十九岁，始以强壮出，及还，须发尽白。当他回到长安那天，万人空巷，夹道迎接。当看到驼背老态、鹑衣百结的苏武手持光杆旌节，趔趄踉跄前行时，无不为之潸然动情。两千年后，同样的情形再次发生。7月6日，当衣衫褴褛的战士们护送将军的灵柩回国时，腾冲县临时县长张问德率数万同样衣衫褴褛的县民下跪迎灵，观者无不怆然泪下。每一次血战过后，孙立人将军都会为阵亡将士立碑，并留下士兵守墓，这些士兵再也没能返回故国。当地人说：下雨的时候，这里经常能听到打仗的声音，能听到很多人在喊，还有枪炮的声音，“那是你们中国人，他们的灵魂没有得到安息”。

《国家记忆》（山西人民出版社2010年10月版）所录照片，皆为美国通信兵第164照相连士兵拍摄。虽不专业，却很专心，虽不精致，却很精彩。战争期间，固然太需要笑容来调剂各种交织的悲痛、杂糅的苦难了，但笑脸不是这些照相兵独独的选择，是大后方百姓的精神风貌所在，这便是其精彩之处。尽管文化背景不同，贫富差距也大，看得出来，这些照相兵对所摄人物，充满了友好与敬意，无疑这种友好与敬意是众多无名英雄以流血牺牲、效死疆场赢得的。这也是其专心之处。

奇文共赏

奇文共欣赏，疑义相与析。奇文俱才子文，属铜琶铁板、晓风残月以外，鸡鸣狗盗、牡丹花下之非主流。

虞公《民国趣闻》载“禁止小便妙文”：“沪江新闸路新康里老学究张小江，授徒糊口。人皆称之曰‘书踱头’。一日，作‘禁止小便文’，揭示墙上。见者莫不掩口葫芦，兹照录于下：夫随地小便者，最可恶之事也。此处往来之人既多，臭气触鼻，则人将裹足不前矣。各界诸君，既人格之高尚，决不敢违悖法律也。天赋人以自由，他人不得侵犯。然随地而溺乃野蛮之自由，非文明百姓所当为也。果欲小便，请由此东方，有法定之公厕焉。徐徐而放之，岂不善哉！”措大文人，半瓶子晃荡，无经邦济世、国典朝章之志，唯雕虫小技、酸腐庸下之能。废科举之后，灰心失望，意兴阑珊，只好在无聊中寻些有聊，做些无所谓的文字罢了。博士买驴，书券三纸，非离题万里，卖弄笔墨也。

《乳赋》传为陈独秀所作，无考，盖行于1927年政府倡导“天乳”之际。若果出其手，不愧为前朝秀才，五四旗手；若托名伪制，何以不脱他人，单托此人？一则陈先生有寻花问柳、偷香窃玉之先例，1919年3月26日夜，蔡元培、汤尔和、马叙伦、沈尹默等在汤寓集会，讨论因媒体大加渲染的陈独秀嫖娼案而引发的风波。最终，就任北大文科学长不到三年的陈独秀被北大放逐。抗战前，他还与潘兰珍在狱中行周公事，一时成为南京城的谈资。一则陈有离经叛道、放浪不羁之性格，却无“刬袜步香阶、手提金缕鞋”之温情，“留宿争牵袖、贪眠各占床”之委婉。赋云：“乳者，奶也。妇人胸前之物，其数为二，左右称之。发与豆蔻，成于二八。白昼伏蛰，夜展光华。曰咪咪，曰波波，曰双峰，曰花房。从来美人必争地，自古英雄温柔乡。其色若何？深冬冰雪。其质若何？初夏新棉。其味若何？三春桃李。其态若何？秋波滟滟。动时如兢兢玉兔，静时如慵慵白鸽。高颠颠，肉颤颤，粉嫩嫩，水灵灵。夺男人魂魄，发女子骚情。俯我憔悴首，探你双玉峰，一如船入港，犹如老还乡。除却一身寒风冷雨，投入万丈温暖海洋。深含，浅荡，沉醉，飞翔。”但见文字，便知今人所为，托名而已。

非真非假，亦真亦假，唯置之陈独秀名下，方不负其精彩，坐中有妓，心中无妓，况其色而不淫文字，也不会辱没私德，诋毁功绩。“食色，性也”，蒋介石早期日记有云：“情思缠绵，苦难解脱，乃以观书自遣。嗟乎！情之累人，古今一辙耳，岂独余一人哉。”此乃有名有姓记录，绝无张冠李戴之嫌，但文采差了。董桥《中年是下午茶》云：“中年是危险的年龄：不是脑子太忙、精子太闲；就是精子太忙、脑子太闲。”文采虽好，表述也显，却浅尝辄止，欲说还休，非此类文字也。

相比而言，一些子见南子、子路不悦的道学家们，文章便虚伪多了。褚人获《坚瓠首集》集有戒色之诗：“司空图诗：‘昨日流莺今日蝉，起来又是夕阳天。六龙飞辔长相窘，更忍乘危自着鞭。’吕纯阳诗：‘精神卖与粉骷髅，却向人间觅秋石。’寒山诗：‘人言是牡丹，佛说是花箭。射人入骨髓，死而不知怨。’陈眉公词：‘红颜虽好，精气神三宝，都被野狐偷了。眉峰皱，腰肢袅，浓妆淡扫，弄得君枯槁，暗发一枝花箭。射英雄，应弦倒，病魔缠扰，空去寻医祷，房术误人不少。这烦恼，自家讨，填精补脑，下手应须早，快把凡心打叠。访仙翁，学不老。’杨诚斋戏好色者曰：‘阎罗未曾相唤，子乃自求押到。’何也？即此诗词之意，但识得破时，忍不过耳。”

有人仿《乳赋》作《屌赋》，便色而淫、等而下了，托名西门庆倒是合适。色与淫，在心不在目，荤面素底，素面荤底，看似真趣味与假趣味之异，实则真君子与伪君子之别也。千金买赋，买前不买后，司马相如，风流不下流。山西临县，贫瘠之地，民风淳朴中存粗野，言语无“毬”不成句，其乐而不淫，内涵丰富，调侃也“毬”，自嘲也“毬”，亲昵也“毬”，蔑视也“毬”。相传从前有一仇（qiu）姓后生，好逸恶劳，游手好闲，因偷人庄稼被告县衙。县太爷问其姓甚名谁，“姓仇名赖”。县太爷听其姓仇，案由偷瓜引起，算不上大案件，遂曰：“仇赖，你若能一段话里说上十个‘毬’，我便放了你。”仇赖脱口而出：“我的爹妈来死毬了，我来穷得甚毬也没啦，威一天饿毬得没法了，接开瓮家空毬圪丹丹地。到地里寻毬个吃的，谁知摘得三毬两颗瓜，就让逮毬住了。老爷你看这毬不淡地一点事，还用麻毬烦你。你么看能放毬就放毬了，不能放毬也算毬了，我来毬！庄来是个倒毬运了，放回各也没毬意思。”此为民间奇文。

坊间尚有《屁赋》：“屁者，人之正气也。举凡活人，必有正气，举凡正气，必可上通于口，下出于门，上通下达，安乐无忧矣。人之为屁，各有千秋，正人之屁隆隆，邪人之屁轻轻，君子之屁淡淡，小人之屁无声，非屁之过，盖人之不同也。屁生于肠胃，贯于胸腔，行于腹脏，止于尽肠，男女皆宜，老幼皆放，莫云不雅，流露于避人处可也。今为屁赋，幸甚至哉，但可收腹，提臀，长吸气，慢用力，一声长啸如惊雷，四野皆惊我独醉。”此赋也佳，但无托名，好事者若不甘心，不妨附会吴稚辉。吴少时读《何典》开篇一首《如梦令》中“放屁放屁，真正岂有此理”一句，茅塞顿开，从此骂人不绝。鲁迅后来在《“言词争执”歌》里讥之：“吴老头子老益壮，放屁放屁来相嚷……放屁放屁放狗屁，真真岂有之此理。”

士人旧想

《论语·颜渊季路侍》曰："颜渊、季路侍，子曰：'盍各言尔志？'子路曰：'愿车马衣轻裘，与朋友共，敝之而无憾。'颜渊曰：'愿无伐善，无施劳。'子路曰，'愿闻子之志'。子曰，老者安之，朋友信之，少者怀之。"师生之间，各言尔志，生无城府，师也无用意，生无掩饰，师也无大话。子路忠义，颜渊仁爱，从对话也可管窥蠡测，但还是老师高明，人文关怀，乃终极关怀，此世界大同之说。张潮《幽梦影》云："愿在木而为樗，愿在草而为蓍，愿在鸟而为鸥，愿在兽而为廌，愿在虫而为蝶，愿在鱼而为鲲。"清幽飘逸，如啜佳茗，世外遗风，如饮陈酿，此文人情调之谓。

在陆士谔发表于1910年的梦幻小说《新中国》里，主人公陆云翔在梦中看到一个独立、自由、赢得尊严的中国：上海的租界早已收回，马路中站岗的英捕、印捕皆已不见，裁判所的裁判官、律师皆为中国人，所判均极公平。他还梦见了"万国博览会”在上海浦东举行，为此上海建成了浦东大铁桥，“一座很大的铁桥，跨着黄浦，直筑到对岸浦东”；还造了地铁，“把地中掘空，筑成了隧道，安放了铁轨，日夜点着电灯，电车就在里头飞行不绝。”梁启超发表于1902年的政治小说《新中国未来记》中，也提到了上海举行大博览会之事：“那时我国民决议，在上海地方开设大博览会，这博览会却不同寻常，不特陈设商务、工艺诸物品而已，乃至各种学问、宗教皆以此时开联合大会，处处有论说坛、日日开讲论会，竟把偌大一个上海，连江北，连吴淞口，连崇明县，都变作博览会场了。”

1946年，章乃器在《平民》周刊第4期发表《我想写一篇小说——二十年一梦》：“杀人的刽子手改行做了国营大屠宰场的屠夫，官僚们一部分变为善于伺候人民的公仆，另一部分成为医院的看护。拿着剪刀检查文字的人们，被分配到大型的国营服装厂做剪裁师；检查信件的官员则成了机关、企业中处理日常来信的助理秘书。”其理想，是让历经八年抗战千疮百孔、憔悴不堪的国家，成为一个民主宪政国家，让水深火热、哀鸿遍野的人民过上素常的日子，建立一个公平正义的公民社会。

1946年11月4日，王芸生于《大公报》发表社评《做一个现实的梦》：“全国人民都过着和平的日子”，“毛泽东、周恩来、张君劢、曾琦、莫德惠等都在国府委员会上与蒋主席、孙科、宋子文等环坐讨论国事……是一个举国内阁规模。”“物价稳定，又有各地丰收。”1948年9月1日记者节这日，他又发表了社评《九一之梦》：“种种样样的报纸，数不清的种类，有的属于政府党，有的属于在野各党派，有的代表大企业家的利益，也有的代表中产阶级或勤劳大众的利益。这许多报纸，七嘴八舌，各说各的话，只要言之成理，百无禁忌。除了触犯了刑法上的诽谤，要防侵害者控诉而被法庭刑讯外，此外绝不会有封报馆、打报馆、抓记者甚至杀记者的事。就因为这样，记者不必服膺中国圣人的三讳主义。他们不必‘为尊者讳’，国家元首也是人民的公仆，他们可以随便批评或指责……他若一旦做了糊涂事，报纸照样群起而攻之。”其理想，是国家在民主、和平的旗帜下实现统一，避免内战。这与他1944年12月19日发表的投畀豺狼、疾恶如仇的著名社评《为国家求饶》相比，调子显然温和了许多。“远的不必说，抗战以来，这类官僚有没有呢？我们放眼一看，哪里敢说没有！而且沉痛些说，我们抗战所以那么艰苦，到现在还难关重重，一大部分原因，就因为有这类官僚在那里鬼混的缘故。现在国家已到最艰苦困难的关头，我们不能不向他们诚心诚意的求饶：你们该已‘混’够了！无论你们在南美已否买了橡树林，也无论你们在纽约大银行里已否存了美金，过去的旧账都可不算了，中国人有不咎既往的雅量，你们尽可去做富家翁，只求你们不要再混了，让许多真正有血性有热情的人来彻底操作，挽救危局吧！我们这一次抗战，一定要胜，不胜便要亡国；建国一定要成，不成则将来再遇大战还要亡国。为了整个国家民族的存亡兴废，为了子孙万代的生存自由，我们不得不再向你们乞求：请你们饶了国家吧！”此乃新闻史上振聋发聩、催人憬悟的大文。史量才曾言：“人有人格，报有报格，国有国格。三格不存，人将非人，报将非报，国将不国！”在这点上，王芸生以己之人格，立起了大公报之报格。

旧想尘封却存鲜活，历久却能弥新，皆在于先人的旧想，依然是今人的新梦，今人的新梦，先人早已做过。旧想未应，新梦又起，皆因旧想堆岸，功亏篑，新梦秀林，蒂在蔓，均未兑现而已，若灵验了，也就不成其为梦想了。

游记不简单

1934年5月15日，山西省立国民师范学校师范科二年级的六十四名学生，自太原出发，至五台山旅行。这年9月14日出版的《国师月刊》第35号刊出的几篇游记，记录了此次行程。

上午五时半由校门口分乘四辆汽车起程，十时半由忻县定襄再经五台的模范村——河边村而至纪胜桥。

何为“模范村”？20世纪20年代初，山西村制确立了以村民会议为中心的制度体系，开始由行政制度向自治制度转变。10月，山西督军阎锡山开列了全省实行村自治的步骤和方案。其认为，县区自治实以乡村自治为基础，但乡村自治不可遽然实行，须事先做好种种预备。这种预备工作至少要经过三期。第一期，依靠官力消除莠民。第二期，以编村为抚恤团体单位，救济那些鳏寡孤独疲癃残疾，实在无自觅生活能力，而又无亲属（本人之父母、子女、夫妇）可依赖的穷乏之人。第三期，整理村范，使各村无贩售吸食金丹者、无赌博者、无偷盗者、无窝娼者、无斗殴者、无行乞者。三期工作完成后，即可进入第四期——实行村自治。1920年3月，山西即公布了《消除莠民规则》及《抚恤究乏条例》，次年2月又公布了《整理村范规则》，规定凡村内莠民消除净尽者，可作为自治模范村。模范村内："禁约与村范相辅而行，以村范开其先，以禁约善其后，乃能持久而不敝。大凡自治之团体，均有自定之规章。兹之村约，义亦犹是。"阎锡山还自拟了一个村的禁约格式，包括不准贩卖金丹鸦片、不准吸食金丹鸦片、不准聚赌窝娼、不准打架斗殴、不准游手好闲、不准忤逆不孝、不准儿童无故失学、不准偷盗田禾、不准毁坏树林、不准挑唆词讼、不准缠足、不准放牧牛羊踏毁田禾、不准侵占别人财产等十三项。1927年以后，阎锡山进一步改进村制，完善了关于村民会议、村公所、息讼会、监察委员会等的制度规定，使山西村制为南京国民政府所取法。

河边村为阎锡山的家乡。阎锡山在1911年辛亥革命时，推翻了山西巡抚陆钟琦的统治，其一登上督军宝座，便号召全省打烂庙宇神像办新式学校，老家河边村率先响应号召，砸了村西阎王殿里的神像，办起了一所小学校。由于不兴男女同校，又在阎王殿隔壁和尚庙办起了一所女子学校。阎锡山知道后，大为赞扬，并慷慨解囊。不久，就在关帝庙遗址上盖起了一座崭新的小学校。这年阎要回家过年，只因是当上都督后的第一次省亲，属下安排了庞大的随从人众、礼品物件及三十多辆大小车马等。但阎锡山只圈定了一辆陈旧的美式吉普和两名未成家的士官和一名司机。车到离河边十华里的芳兰镇，车减半速行驶。到了河边村西头，即让停车。阎下了车，取出了外祖母给他做的衣服，十分认真地穿好。然后，和颜悦色地叫上那位士官和司机，步行着进村去。阎一边走一边招呼村民，还不时地询问石沟街两边做生意的经纪人。事后，随行士官请教阎，为何要这样。从这次归乡省亲以后，阎锡山凡是有返乡探亲，就用不着再吩咐了，其属下自然就按那一次归乡格式去安排，一辆普通车，一身家乡服，几样简单礼品，几个随从人员，车到芳兰减速，车到河边村口停住，下车换服，步行进村。这个习惯，阎锡山从二十四岁始，离开大陆止。

学生们在纪胜桥改坐轿车十里至东冶镇，吃午饭。饭后另雇骡马前行，行三十里，于晚七时至五台县城。是夜，因校方预先有函，五台县长已派人预备了食宿，饭后又亲往探望。翌日早六时从县城走二十里至阁子岭，再十五里至尊胜寺，在寺内食午饭，夜六时宿柳院。17日早七时，再由柳院二十里至清凉寺，再十里至金阁寺，吃午饭，由此岭而下，又十里至镇海寺，再五里，住显通寺。18日早七时用饭，之后游览台怀镇诸寺院。先罗睺寺，再塔院寺，再菩萨顶，再圆照寺。19日上午观摩千僧大斋，下午至普化寺。20日上午观摩十大禅寺作会，下午至南山寺。21日早饭后，出游般若寺，次游五郎庙，再到碧山寺，再上黛罗顶。22日早饭后，游玉花池。23日休整一日。24日早六时回程，晚息窦村，日行九十里。25日早起程，午至黄土坡，行七十里，晚息东冶镇。26日早出发，中途参观川至中学，逗留文山购砚台，下午四时返校。

川至中学就设在河边村，是1918年由阎锡山出资兴办的一所私立中学。“川”取阎之字百川之名。1919年建成后，便将河边村两所小学并入川至中学，称为附属小学，徐向前元帅曾在此执教。川至中学建成后，阎又出资十万元在太原“德生厚”银号建立基金，以其利息为该校经费，1923年，又筹集资金十万元，增设商业速成科，设立科学奖，另外，除免收学费外，还另发制服皮鞋给学生，是当时设施完备、质量极高的一所免费中学。1924年之后开始收学费，但费用较低。类似命名，还有太原的川至医学专科学校。文山砚台之砚石，取材于河边村东的文山，山中蕴有制砚石料——纹山石，文山砚台为此地特产。

河边村在当时俨然成为山西的又一政治中心。为保证行动方便，也为有效地坐镇河边村指挥全省，1920年修建了从太原到河边的公路。1934年10月初，阎锡山“见父衰老，大异于前，决身侍奉在侧，回村办公十月”。11月9日，蒋介石、宋美龄及其随行人员邵力子、邵元冲等人到达河边村。蒋介石身穿长袍马褂，头戴礼帽，身披黑色斗篷。下车后，蒋介石打头一路缓行，向前来欢迎的川至中学学生、河边村民挥动礼帽，微笑致意，遂往阎府拜见阎老太爷。阎父阎书堂，年迈体弱，又因偶感风寒，卧病在床，其时也不得不强打精神，由家仆扶持坐上椅子，抬到大门口迎接蒋介石夫妇。相见时，阎书堂奋力挣扎而起，双手抱拳，打躬作揖：“有劳委员长大驾，小民愧不敢当。”蒋介石赶紧上前，搀阎书堂坐下，以侄辈相称，口呼“伯父”，问安问好，甚是亲热，并与宋美龄并排而立，向阎老太爷行了三鞠躬礼。随后又盛赞阎母懿德可风，足堪女界典范。这都是国民师范这批学生走后发生的事了。一年后，铁路也修到了河边村。

国民师范学生的旅程与今大致同，游览的庙宇也与今大致同，不同的只是用时更长，其前后耗时十一天。除却交通工具之不便，更在于活动项目之丰富。其不单是游逛寺庙，还在于参观佛事活动。进入五台山后，无法以车代步，其食宿皆在寺院，向导也为僧人，故与朝山信徒无异。而今，车辆可停驻山门，导游高音喇叭全程讲解，食宿在星级宾馆，旅程也缩至一两天工夫。便捷之极，劳顿全无，但感受定没有那批学生的深刻，而这几篇稚气的游记吸引人处，正在于此。

二年一班的赵铉同学在游记中记录了其在东冶镇午饭时的情形："镇中市民，见此新从太原来了的大批学生，都是额外惊奇，以为又是罢课了。饭店开了新的纪元，小贩竟有货不敷售之慨，惊动了市上的一切。"其又深感当地风俗人情，"除和尚喇嘛而外，居民多系寺院佃户，他们房无一间，地无一亩，仅凭整年血汗从寺院的压迫里讨生活。在此特殊环境下——和尚的慈悲心，造就了许多依靠寺院过活的青年乞丐，这样不知误了多少人的光明前程，牺牲了多少有为者。在和尚标榜不要配偶的名义下，本地妇女，不知尽作了多少的戏弄者。尤可奇者是以留宿外人为荣，生人之轮门出入，尤属家常便饭。一到晚间，外人'查户口'似的找女人谈笑。这里以二句本地俗语来证明：'石头垒墙，墙不倒；和尚进院，狗不咬；姑娘生娃，娘不恼。'"带队教师张虎峰的游记则没有这样的记录，其概括柳院村民的淳朴："此间人情古朴，待人中诚，虽村人围观不已，而物件绝无遗失之虑，以之与城市比较，判若天渊矣！"学生的天真与老师的世故，无意间做一次对比，便可了然。

学校规定，此次旅行可在五台山与阳泉两处任选其一，故有的同学选择了阳泉。阳泉距太原不远，交通有火车，游期也短，可游玩的地方也不多，何以有人舍上去下？盖受个人经济条件的制约吧。

5月7日早九时，从校门顾洋车至新南门外的火车站，每辆车钱一角。七时四十五分开车，到阳泉时已十二时。午饭后手执油灯。下煤窑参观。除此之外，还游玩了南山。第二天即返程，原本到榆次还要参观晋华纺纱公司，只因时间不妥，决意不去，下午四时即抵太原。三年级郑继文同学的游记着墨处，多在对周边的观察。如在车上的记录："小便难止，不知何去何说，仔细观察，亦寻不着来龙去脉，暗问有经验的选手某同学，顺指车后有小屋，趋前视之，厕所WC刻于门面，旁有一行小字：'为保持清洁，停车时间，禁止大小便。'原来暗室一间，位于车皮的后左方，一人稍松，两人不足，平面中心，设置一圆空，无论大小便，均遗流车底。"看来该同学是第一次坐火车。关于保晋公司的记录甚是详尽："保晋公司原分六场，五六两场，因损坏停动，现在四场，各在一方，惟第二场，规模稍大，并有升降机，输送煤炭，三十二丈深，一分钟就可上下，工人每日工作十小时，早六点至十二点，下午两点至六点，都是包工制。"

保晋公司乃山西商办全省保晋矿务有限公司之简称，创办于光绪三十三年（1907）。1905年7月，英、意合办的福公司在正太路阳泉段两侧勘矿绘图，插旗占地，禁止当地人开矿。阳泉、平定乡绅商人群情激愤。晋东富商张世林首倡并筹商发起联群情、保利源、收矿权、自采掘的争矿运动，尔后波及全省乃至全国。在绅商学民的共同努力下，以275万两白银为代价赎回矿权。这场首发于阳泉，历时三年的争矿运动催生了保晋公司。1907年11月，保晋公司成立，“保晋”即保护山西矿产资源之意。阳泉为本号，创办经费二百八十万两白银。山西大票商、清末进士渠本翘担任总经理。总公司最初设在太原海子边，后移至阳泉，统掌山西的煤炭开采和销售业务。

“阳泉分为上下两站，因为车站码头，商业颇称发达，惟街路狭小，污秽不洁，是美中不足耳。”从对见闻的评述可知，郑同学是位“愤青”。其“愤”自出城的洋车上便已喋喋不休地发表了：“路经精营、东夹巷、南门、正太街，触目所视的，不外倒灰渣的女仆，拉砖土的牛车，贩卖蔬菜的小商，再就是拉我们的苦力洋车夫，以及风尘仆仆的旅人，那些为人民仆役的官吏，拥兵自私的武人，是百无一见的，大概还在神堂似的宫室，高枕而卧哩！”文末还有一段附记：“旅行！旅行！究竟旅行干什么？旅行的真意思是什么？骤然问我们，恐怕是知其然不知其所以然罢。……乡村人民们的痛苦到什么程度，都市老爷们的豪奢又到如何的境地，两两相对，正是发表写作的好材料，或者使他们（统治者）看见，改过自新，也就是我们智慧阶级所应负的使命。”

如此文风，往往予人一种莫名的不安。倒是《铭贤学报》1936年第1期上的几篇学生游记，让人如沐春风，乐而忘返。学报由设在太谷的铭贤学校主办，这是一家具有教会背景的私立学校。其中高一年级学生郭丕桢的《卦山游记》，字句流丽，文采炳蔚，篇幅不长，抄录如是：

> 去交城之西五六里，有万卦山，一邑之名胜也。山脉交错，状如羲画。行至山麓，朱楼雕梁，微现于烟雾之间，渐进，峻岭怪石，山花翠柏，遍山遍谷，综杂其间，而庙舍则不复见矣。屈折数百步，微闻山风呼呼，高柏长鸣。仰视林稍，梵宇僧楼，复呈目前，垩壁粉墙，较前益真。
>
> 上石磴百数十级，天宁寺之门在焉。斯寺创修于唐贞元中，寺额为“第一山”三字，笔势雄秀，系临自米颠书。再进，则老树郁翳，浓影覆地，门旁联云：“读易何须开卷，登山即是披图。”复经数院，壁间游记小碣，光可鉴人，其间有朱竹垞所题之包子歌云：“击余马于城隅

兮，揽子去于山幽……”读之再三，似早为余与辉（同学名）写照者也。

由此趋登毗卢阁，四下眺望，觉全寺在指顾之间，悬崖断壁，树木参差，微风吹来，林壑犹啸。即目远望，见山脉汹涌，矫如游龙，爻象杂沓，波伏不定。开合万象，若巨涛直泄，始信卦山之名，有由然也。

游毕，相偕归憩于梵舍，老衲则殷勤招待，并携来书画多种，以解余等之倦苦，略为谈论，片诗辞归。路皆为繁花垂柳，鸣鸟溪流。抵辉家时，已傍午矣，时五月十一日也。

一九三五之夏记于飘泊中

文中提到的“辉”，大概是郭在交城的同学。此文古风习习，雅意盎然，这便是教会学校与公立学校之间的不同了。陈寅恪做学问用功极苦，以致眼睛受阻，不得不住院治疗，清华师生昼夜轮流守护。陈寅恪后来对梅贻琦校长说：“想不到师道尊严，今日尚存教会学校之中。”几十年后，梅贻琦认为：“办了几十年教育，陈先生这句话，对我是最高的奖赏。”

1919年6月开办的山西省立国民师范学校，目的是为山西培养合格的小学师资。1917年起，阎锡山从三个方面入手，意图通过教育启迪民智，一是普及国民教育，二是创办职业教育，三是推行以改良社会风俗、开通知识为宗旨的社会教育，即普及国民教育上。第二年颁布的《山西教育计划进行案》《山西省实施义务教育程序》等，对各地完成义务教育的时间、要求以及师训、经费筹措等都有明确规定。到1925年小学儿童入学率达到了70.6%，以后由于战事有所下降，1934年的入学率是66%。凡进入国民师范的学生一律免收学费，学生的制服、伙食、住宿、讲义等费用，也由学校提供。课本费学校补助一半，学习用具等学校补助三分之一。故国民师范的多数学生出身贫寒。后来有人评价阎锡山办国民师范，“目的是通过控制小学教师来左右山西教育，进而长期统治山西”，免除学生的学杂费并发给生活费等，只是一种“企图笼络那些家境贫寒的穷苦子弟”的手段。

公立的国民师范与教会的铭贤学校，皆为三晋名校。国民师范的毕业生多从事革命，铭贤学校的毕业生则多致力于文教，其绝非偶然，从当年两校学生的几篇游记，似乎也能看出其走向，以及背后的教育取向。

从当年教育学专家留下的记录，也可比较出两校的差异。

抗战前夕，顾一樵来山西考察，写过一篇《太原之行》，其中便提到了国民师范：“太原有一个国民师范学校，听说民国初年阎先生创办的时候便想施行国民教育。后来新文化运动和五四运动发动，‘娘子关外的新精神’闯了进去，许多年没有能照原来计划实现，现在因为外患的逼迫，全国都在提倡“新武化运动”，太原以国防重镇，于是便有青年军训的实施。这些青年都是志愿投效的，各省都有。据负责主持的人说，这些青年有的本来思想极右，有的本来思想极左，但是在‘守土抗战’的共同认识之下，他们在一起接受训练。他们有所谓‘抗战先锋队’，有所谓‘牺牲救国同盟会’。除了军训之外，他们还受政治训练；政治训练便是根据阎先生的各种主张。我们亲自参观了这一两千青年的军训以后，觉得他们精神十分饱满。有血气有义愤的青年，与其任情奔放，不如严格锻炼。所谓‘养其志毋暴其气’，乃是爱护青年培养元气的办法。这里在太原，我们看见了一个新的实验。我们希望这个实验经过郑重的尝试可以得到美满的结果。”

蒋梦麟1934年7月3日也有山西之行，其《太谷之行》中的很大篇幅提到了“三晋学府，私校典范”的铭贤学校，并从专业的角度对其进行了分析：

我们所见到的，为农工两科试验的成绩。

农科工作分四部进行：（一）调查、（二）试验、

（三）推广、（四）教学。调查工作因得相当结果，业已结束。试验方面计有作物改良、畜牧改良、土壤试验、果树试验四种。推广工作，去年始开办，与农民合作改良农事者，计有三十一家。用药剂喷杀果树害虫，计喷六百余株，农民仅担任一半费用。舶来鸡种卵售与农民者，计六百数十个。教学工作始于二十一年秋实行。成绩如何，尚待将来。但该校先从事试验，有相当成绩后，方开始收受学生，这是值得我们注意的。

作物改良计有小麦、高粱、玉米三种。小麦选种，第一次自一千五百余穗淘汰至十二品系，其中八晶系产量，较本地农家产量高百分之十二至二十五。第二次自一万三千五百余穗淘汰至二千余晶系，再经数年之试验可望有较优成绩。高粱自四千穗淘汰至一千品系。玉米经三年之试验，其产量较本地种高百分之二十以上。

羊种改良，已有相当成绩。法国软布来羊与本地羊配合，一代鸡种羊羔所产之毛，较山西羊羔所产者为细而绒，产量亦增至二倍至三倍。

犁之试验，颇有成绩。据四年之记录，犁七寸深之地，与四寸深之地相比较（其地一切条件相等），小麦则多产百分之十八，谷子则多产百分之二十。

工科工作以农民及地方需要为前提，棉织与毛线各式样材料都好，价格则甚便宜。翻砂工作，以农具为中心，其最惹人注意者其一为肥皂制造器，其蒸汽锅炉系机油铁筒所改作，所费约三十元。制成胰子，每斤成本只一毛五分。其一为铁炉，成本只七八元，而每小时可化生铁一百五十磅。

蒋先生的叙述，让人想到了铭贤学校的办学宗旨："学以事人"。此训出自《圣经》，孔祥熙选用宗教语言作为办学宗旨，意在表明"创办学校，作育人才，以期达到救国救民之目的，符合淑世爱人之本旨"的心计。国民师范学生自行组织有多个社团，该校还是山西省内出政治家最为密集的地方，"中共山西省工作委员会"（公开）和"山西牺牲救国同盟会"都曾在此办公。国民师范设在政治中心的太原，铭贤学校设在商业中心的太谷，这只是两校学生不同走向的地缘之说而已。

故人传记　一言难尽

传记古已有之，但“传记文学”之说乃胡适于1914年9月在留学日记中首次提及。胡适终其一生提倡传记文学，认为“传记起源于纪念伟大的英雄豪杰”，又“可以帮助人格的教育”，还可给史家做材料。但凡接触国史者，必对此论有认同。《史记》百三十篇，皆由本纪、世家、列传组成，以人物记述为中心，乃纪传体文式。《汉书》《三国志》承之，到了《后汉书》，又增加了“文苑列传”“方术列传”“烈女传”“逸民列传”等七大类。唐初修《晋书》，太宗亲为自己所崇拜的王羲之立传，足见国人对传记之重视程度。

在他传倍受重视的情形下，自传体也开始兴起。司马迁的《报任安书》滴泪滴血，唏嘘欲绝，乃自残处秽者对灵魂的拷门，乃怨尤愤懑者檄文式的控诉：“仆以口语遇遭此祸，重为乡党戮笑，以污辱先人，亦何面目复上父母之丘墓乎？虽累百世，垢弥甚耳！是以肠一日而九回，居则忽忽若有所亡，出则不知其所往。每念斯耻，汗未尝不发背沾衣也!”曹操的《让县自明本志令》借退还皇帝加封三县之名，表述自己平定天下、恢复统一之抱负。陶渊明的《五柳先生传》更是脍炙人口，千古成诵，其中的“好读书，不求甚解，每有会意，便欣然忘食”，“常著文章自娱，颇示己志，忘怀得失，以此自终”等句，能脱口而出竟不觉自何而出。法显的《佛国记》记述了其六十五岁取经天竺，十三年间游历三十余国，七十八岁归来阶段的经历，读来不觉心动汗流。“可以帮助人格的教育”也，还是胡适说得好。

辜鸿铭的《英将戈登事略》将英人戈登描述得俨然汉儒，其生于道光十二年（1832）春，“咸丰十年，中外构衅，英人犯我顺天。戈登从英军陷京师，焚圆明园。事平，适中国粤匪乱。同治二年（1863），江浙两省上游在沪设洋枪队，将校皆用欧美人，乃向英官商使戈登领之。戈登遂与贼转战于江浙两省，二年间凡三十三战，克复城邑无算。江浙为中土最富繁之地，数年经贼蹂躏，至是两省强寇始悉歼平。是役经时一十八月，仅费军需一百万金。人皆以为奇功，称戈登为当时名将。戈登谦逊曰：‘平此乌合之贼，岂足称耶？但缓以时日，中国官兵亦可以平贼也。然中国上官急奏肤功，遂在上海招募外洋无业亡命之徒，欲借以平贼。不知此辈既以利应，反复无常，几将贻害中国，较土匪之祸尤烈耳。鄙人得统此辈，严加约束，事后设法遣散，不使为患。此则鄙人所以有微功于中国也。’当时苏州克复，江苏巡抚今相国李公杀降贼，戈登不义之。”朝廷欲赐戈登万金，戈登辞之曰：“鄙人效力中国，实因悯中国百姓之荼炭，鄙人非卖剑客也。”

为洋人作传者，早已有之。19世纪40年代，美国政府建造华盛顿纪念碑时，向全世界广征纪念物，清廷所赠为一块上好石料。1853年，此料漂洋过海抵达美国华盛顿纪念馆，料上铭文由福建巡抚徐继畬撰写：“华盛顿，异人也。起事勇于胜广，割据雄于曹刘，既已提三尺剑，开疆万里，乃不僭位号，不传子孙，而创为推举之法，几于天下为公，骎骎乎三代之遗意。其治国崇让善俗，不尚武功，亦迥与诸国异。余尝见其画像，气貌雄毅绝伦，呜呼，可不谓人杰矣哉！米利坚合众国以为国，幅员万里，不设王侯之号，不循世袭之规，公器付之公论，创古今未有之局，一何奇也！泰西古今人物，能不以华盛顿为称首哉！”此铭虽短，却完整，乃一小传，且与陈胜吴广、曹操刘备等中土英雄作对比，亦类汉儒。

梁启超的《谭嗣同传》也是一篇奇文，“各国变法，无不从流血而成。今中国未闻有因变法而流血者，此国之所以不昌也。有之，请自嗣同始”；“望门投宿思张俭，忍死须臾待杜根。我自横刀向天笑，去留肝胆两昆仑”等谭之言语，皆由此记录。辜鸿铭认同戈登的民生理念，梁启超与谭嗣同同道，故二传能够妥切宁帖，感人倍至。

《谭嗣同传》乃《殉难六烈士传》之一。“六烈士之中，任事之勇猛，性行之笃挚，惟复生（谭嗣同）与幼博（康广仁）为最。”《康广仁传》则是其中的又一精彩篇章。梁启超与李鸿章政治上为公敌，私交也泛泛不深，他却“敬李之才，惜李之识，悲李之遇”，不惜笔墨，于1901年为之写就了《李鸿章传》，因为他认为李鸿章乃“非常之人”，“中国独一无二之代表人物”，“十九世纪列国皆有英雄，而我国独无一英雄，则吾辈亦安得不指鹿为马，聊自解嘲，翘楚李鸿章以示于世界曰：此我国之英雄也。”就甲午海战兵败的原因，说李鸿章“是以一人之力敌一国”。传记中屡有辩护之辞，处处体现着梁自己的英雄史观、历史史观，传记文学形式也是他本人表达情怀与抱负的手段。故而其写作夹叙夹议，掷地有声，笔补造化，文无剩语，通过人物的行动语言，刻画性格，展现风采，以此再现历史事件，颇有董狐笔精神、太史公意味。“在当时，全国的督抚没有一人为李鸿章出一兵一卒，即使湘军名将刘坤一也是如此，大家都捂着嘴，一边喊着爱国，一边看李一个人打仗。李作战不利时，大臣都去参奏。”读之无言。

中国20世纪传记文学之序曲，虽衰艳也瑰丽，虽衔憾却炳蔚，开端可谓硕也，发轫可谓正也。然而，数量上的蔚然大观、不知凡几，并不说明质量上的秀出班行、出类拔萃，反是标签式多，脸谱化多，教条刻板，行之无文，能够雁过留声者，寥若晨星，屈指而忘名。吴其昌的《梁启超传》将传主置之时代大环境中予以评述，显然秉承了乃师知人论世之主见，可惜是一部半成制品，只写完了前半部。“戊戌维新之可贵，在精神耳。若其形式，则殊多缺点……当时举国人士，能知欧美政治大原者，既无几人，且掣肘百端，求此失彼。而其主动者，亦未能游西域，读西书，故其措置不能尽得其当，殆势使然，不足为讳也。若其精神，则纯以国民公利公益为主；务在养一国之才，更一国之政，采一国之意，办一国之事。盖一国之大原，于是乎在，精神既立，则形式随之而进。虽有不备，不忧其后之不改良也。”梁启超对戊戌变法失败的原因，能如此公允客观、无偏无党地评述，对于一个喜怒哀乐、五味瓶翻的当事人而言，实属不易，梁先生大家也。梁先生因小病而大限，意外而无备，这位一生为古今中外多位英雄立传的英雄，却未为自己留下只言片语、坯料轮廓的自传文，遗憾之至。

鲁迅1932年8月15日致信台静农，就郑振铎文学史一事，提出“具史识者”的重要性，以为郑君所著文学史固然已有相当成绩，却仅止于“文学史资料长编”，尚非史。在鲁迅看来，史之标准，必以史识为主轴，为灵魂。瞿兑之《一士类稿》云：“自来成功者之记载，必流于文饰，而失败者之记载，又每至于淹没无传。凡一种势力之失败，其文献必为胜利者所摧毁压抑。”陈寅恪《顺宗实录与续玄怪录》云：“通论吾国史料，大抵私家纂述易流于诬妄，而官修之书，其病又在多所讳饰，考史事之本末者，苟能于官书及私著等量齐观，详辨而慎取之，则庶几得其真相，而无诬讳之失矣。”读毕瞿言，便不难理解鲁言的“苛刻”了。缺乏史识，即撰写人缺乏对史的分析、评述，是当代传记文学虽多，却乏善者的主因，画手看前辈，吴生远擅场，前四史精彩，辜鸿铭梁启超精彩，皆因文章衔华佩实，镂云裁月，有独到见解，成一家之言，之所以然，皆因撰者操履有修，风骨高洁，有独立之人格，行主见之文章。而近几十年来，条框拘管，绳之以律，思想钳制，格于成例，加之传统隔绝，旧学几废，先天营养不良，后天精神无补。这便是造成20世纪中国传记文学量大质低、兴味索然的真正原因。

倒是那些身居海外写家的作品，别有旨要，耐人寻味。如曹聚仁的《鲁迅评传》、赵浩生的《八十年来家园》、胡颂平的《胡适之先生晚年谈话录》、林太乙的《林语堂传》等等，其质良药苦口，悃诚恳切，读之声如贯珠，音余绕梁。而其中的卓尔冠群者，当属唐德刚。

唐德刚乃执教于美国哥伦比亚大学的史学家，其《顾维钧回忆录》《李宗仁回忆录》《张学良口述历史》《胡适口述传记》《胡适杂忆》《袁氏当国》《梅兰芳传稿》等传记，虽是一家之言，却为真知灼见。唐先生古文根底深厚，却能写一手清如净水的白话，故而文字运用与学识经验相融合，且受到西方史学观的长期浸沐，其性格率直狷介，口无遮拦，其治学严谨审慎，关注社会生活，诸多因素造就的作品毕竟值得一读。这其中尤以《胡适口述传记》《胡适杂记》最为人所称道。唐德刚在胡适先生处于人生低迷落槽期，成为其入室弟子，曾被胡适夫人称作“胡先生最好的学生”。

《胡适口述传记》在记录正题的同时，以注释方式对胡做了不留情面的评判，指出了社会环境对其思想形成的塑造作用。注释甚至超过了正文。该书以英文写就，二十多年后的1979年，唐先生将之翻译为中文出版，欲为之写一篇“短序”，不想这一短竟“短”出了十八万字，于是短序只好自立门户，独立成书，名曰《胡适杂忆》。唐先生凭自己的回忆和日记记录，对胡适一生牵扯到的诸多问题与纠葛，无所不谈，谈无不快。由于非有心作传，乃随意的回忆与平实的感受，散文立意，杂文笔调，随性涉足，逐层递进，由叙事而隐喻，从考证到分析，加之恰当评价，诙谐议论，造就了一部不同既往、别样异数的作品。关于胡适的文学夥颐，同样的素材，同样的掌故，在唐先生笔下何以变得如此曲尽其妙，神乎其技？在于他的见解独到，对历史因素可妥帖把脉，对历史变革可透彻分析。2002年左右，曾有人赴美采访唐先生。在谈及“西安事变”时，他说：

> “西安事变”太重要了，可以说“西安事变”改变了人类的历史进程，因为如果“西安事变”迟两年发生，将会出现完全不同的后果，日本可能不打中国了，因为日本当初是想先三下两下打下华北转而去攻打西伯利亚的苏联，依日本当时的军力，与纳粹德国东西夹击打下苏联，并非不可能，如果日本打下苏联了，那不得了，世界局势完全改观，因为日本当时看准了蒋介石跟毛泽东在打内战，无心抵抗日本的攻击，日本人当时低估了中国，没想到“西安事变”发生后，国共两党转而枪口一致对外，发动全民抗战，一打就打了八年，这样把日本人给牢牢地拖住了，日本没有办法抽身去配合德国打苏联，结果苏联打败了德国，否则德国将统治中东和苏联的一部分，日本要

统治西伯利亚，再回过来收拾中国的华中、华南，并把东南亚吞并，没想到“西安事变”后中国一致抗日，把日本人给拖死了，日本人一看陆军陷在中国大陆，于是改用海军打美国，结果发生“珍珠港事件”，美国一看急眼了，就往日本丢两颗原子弹，终于导致日本投降，所以“西安事变”太重要了！

《胡适杂忆》指出了胡适在中国新诗中的地位，“他是新诗的老祖宗”，同时又分析了“胡先生不是第一流的大诗人”。对经济学，他一团漆黑，从康乃尔大学读本科时起，就对经济学不感兴趣，不曾选修有关经济的科目，一生对各种经济学说也很少涉猎，而“这便是他老人家晚年谈政治问题的致命伤”，“而现代史学近百年来一马当先的正是社会经济史这一派”。“在史学上的弱点是他老人家‘因噎废食’，过分着重‘方法学’而忽视了用这方法来研究‘学’的本身”。指出胡先生成名太早，“少年翰苑，中年大使，晚年院长，‘飞来飞去宰相家’”，生活经验极其单纯，对民间疾苦所知甚少，更无切身的体验，所以写不出那种字字血泪的文章。唐德刚没有因胡适的大家地位而拜尘逢迎，攀附投合，也未因师生关系而揄扬称道，避尊者讳，而是举止有度，不卑不亢。恰如该书序言所指："唐德刚教授在这里把胡适写得生龙活虎，但又不是公式般装饰什么英雄超人。他笔下的胡适只是一个有血有肉、有智能、有天才也有错误和缺点的真实人物。"

比较而言，唐先生的长处，虽然不能说就是他人的短处，但唐先生的长处，在他处却也鲜有。20世纪产生的中国传记文学浩如烟海，不知凡几，称道者却区区之数，稀之又稀，解读唐先生，有助于人们析解其因，琢磨其理。

细节也是力量

对于历史事件，不缺少基本的概念与示意，缺少的只是细节，而对于现实生活，不缺少细节，缺少的却是对它的概括与归纳。细节中，不善做记录回忆的平民视角，较之政治家、军事家的生活，则尤为稀少罕有。以记述抗战胜利一事为例，齐如山、郑振铎两位先生便从不同的方位展现了这一重大事件不为后人熟知的方面。

两位先生都是那个时代知名的学问大家，器识弘旷，著作等身，面对民族危亡、国家灾难，作为身处沦陷区的读书人，其不约而同地采取了隐姓埋名、匿年尽岁的方式，更没有因炊之无米、生计所迫而走出去，与当局者合作。类似的例子还有蓄须闭音的梅兰芳、拒绝日人求画的齐白石，而此间“一队夷齐下首阳”的例子也多，如附逆求荣的周作人、卖身投敌的胡兰成等等。

居住在北平东单西裱褙胡同的齐如山，是通过不期登门的日人邻居得知日本投降这一消息的。在此之前，由于上过日本人的黑名单，齐先生八年间，深入简出，闭门谢客，过着隐居著述的低调生活。当证实了日人所言“敝国投降了”的消息后，齐先生并未露出得意的神态来。

“在我受了八年的闷气，当时也未尝不想当面骂他国人几句，借以出出气，但总不肯，这也就是圣人所说‘如得其情，则哀矜而勿喜’之义。我没说一句话，仅仅叹了一口气，几十秒钟没有说一句话，他亦低头不语。……他又说‘你先生真是大国人的风度，我以为我此来，定然要被你骂几句。’我说：‘骂有什么用处呢？’我这句话说的当然也很愤懑很沉痛。他接说：‘我们早就听见说，曾要逮捕你，你躲了，过了几月，听说你又回来了。我们在此胡同中的几个人，大家商量过几次，都说你是有学问有道德的人，不应该随便侮辱，我们大家规定了一个办法，说如果把你逮捕了去，我们大家可以集团作保，说你不但没有反对日本人，而且向来不搞政治。’我说：‘若说我不反对日本人，也是屈心，但是中国人，除少数汉奸外，大多数都是反对日本人的，难道都得治罪不成。’”（见《齐如山回忆录》，辽宁教育出版社2005年10月版）

对此，陈寅恪虽没有叙述文字，却有诗作《忆故居》：“渺渺钟声出远方，依依林影万鸦藏。一生负气成今日，四海无人对夕阳。破碎山河迎胜利，残余岁月送凄凉。松门松菊何年梦，且认他乡作故乡。”不以物喜，不以己悲，“破碎山河迎胜利，残余岁月送凄”，惘然心境，道尽情怀。又作《乙酉八月十一晨起闻日本乞降喜赋》：“降然夕到醒方知，何幸今生见此时。闻讯杜陵欢至泣，还家贺监病弥衰。国仇已雪南迁耻，家祭难忘北定诗。念往忧来无限感，喜心题句又成悲。”梅贻琦与冯友兰在云南省财政厅长家中吃饭时，得知日本投降的消息，“在座的人都觉得惊喜，可是没有应该有的那种狂欢之情”。

甲午之后，日本侵略欺侮中国之事，几乎天天发生，故除少数汉奸外，中国人普遍愤恨日人，但面对这些战败者，多数人都能秉承传统之习，未趋势坠井下石，而与之为难者，“都是下等人”。

“他们没有大的能力对付日本人，只不过想讹他几个钱，但也没有好的办法，也就是讹个三元五元而已。他的办法是夹一破碗或破盆，在路口等待，有日本人经过，他上前一靠，把盆坠落，便说日本人挤掉了他的盆，非赔不可。有的日本人看此情形，便给五元十元了事。有的不给，他便拉住日本人不放，他不怕打不怕骂，他可以把日本人的衣服完全污毁，结果还是非给钱不可，而且彼时日本人真也不敢打他。……北平的乞丐向来就多，又经日本人八年的工夫，制造了又多了若干倍，大家都是用这个法子，每人每日不止用一二次，简直是闹得日本人不敢出门。”（见《齐如山回忆录》，辽宁教育出版社2005年10月版）

与北平不同，郑振铎以日记形式记录了抗战胜利前后上海市面的一些情形。1945年8月9日，“俄国昨已向日宣战，市场上必是一阵大乱”。11日，“晨起，有人来，说起，日本已经屈伏了。兴奋极矣！立即外出，消息已满城都知”。12日，“外面情形尚未平定，因条件尚未签字也。昨有扰乱，故今日戒严”。13日，“晨出，到市场，仍无交易，金价亦低，不能售出。六时许，至红绵晚餐，见南京路自大新至河南路一段被封锁”。14日，“晨出，市场上仍无交易，各股均惨跌，殊不可解”。15日，“今日正午，日皇广播，正式宣布接受，‘和平’已实现矣；今后当可安居乐业，不愁饥寒了”。16日，“自昨夜起，已通夜有电”。17日，“见国机低飞盘桓；不自禁的拍手。四处有鞭炮声”。（见《郑振铎日记全编》，山西古籍出版社2006年1月版）

日本作家堀田善卫在其回忆录《于上海》中也记载，上海人民其实早在8月11日这天清晨，就已开始庆祝抗战胜利：“那一天，我一无所知地步出了家门。街头零零星星地可以散见青天白日满地红旗。我心想：真是咄咄怪事，今天莫非竟是什么旗日么？然而那旗帜上却又少了南京政府（指汪伪政权）的旗子上在正式场合必须悬挂的、写有‘反共建国’字样的布条儿。”除此之外，“我偶然举目向街道两旁建筑的墙壁上望去，却见那上面密密麻麻地贴满了标语。其中有着如下一些文句：八年埋头苦干一朝扬眉吐气/庆祝抗战胜利拥护最高领袖/还我河山河山重光/实现全国统一完成建国大业/一切奸逆分子扑杀之，欢迎我军收复上海/国父含笑见众于九泉实施宪政提高工人的地位/先烈精神不死造成一等强国/自力更生庆祝胜利/提高民众意识安定劳工生活。上面所列的标语中，最后一条恐怕是出自中国共产党抑或其系统的手笔吧。在收到日本接受波茨坦公告这一消息后，立即于第二天便贴出了‘提高民众意识，安定劳工生活’这样与庆祝胜利基本无关的标语，其政治意识之中确有令人瞠目之处”。

傅斯年听到日本投降的消息，即写信予妻子俞大彩，他“欣喜若狂，冲出寓所，飞奔上街，手舞足蹈，见人便搂抱，狂呼大叫，直到声嘶力竭”。待回到寓所，帽子丢了，鞋子也丢了。翌日，罗家伦前来看望，傅仍劳累在床，连声道：“国家出头了，我的帽子掉了，棍子也没有了，买又买不起，晦气！晦气！”

这日，重庆陷入狂欢，“日本正式投降时重庆的狂欢，是我漫长一生所仅见。随着广播的声音，愁苦的大地灌满了欢乐，人们丢掉平日的拘谨矜持，在街头互相拥抱，又跳又笑，声嘶力竭地唱‘山川壮丽，国旗飞舞……’这样的爱国歌，说是万人空巷还不够，黄昏不久，盛大的火炬游行燃亮了所有的街道。”齐邦媛也拿着火把向大街跑去，队伍走到以前的南开中学校门，灯火通明中，她一下想起当年在操场上，恋人张大飞穿着军雨衣向她走来，而张大飞在两个月前，驾机牺牲了。这一瞬间，她突然感到万念俱灭，再也不能忍受拥挤的人群，竟一个人穿过校园，穿过坟地，边跑边哭，火把早已熄灭，回到家看到满脸惊讶的母亲，她说：“我受不了这样的狂欢！”胜利之夜在昏天黑地的恸哭中度过。

8月15日，日本投降正式宣布这天，蒋介石发表《告全国同胞书》：“今天敌军已被我们盟邦共同打倒了，我们当然要严密责成他忠实执行所省的投降条款，但我们并不要报复，更不可对敌国无辜人民加以污辱，我们只有对他们为他的纳粹军阀所愚弄所驱迫而表示怜悯，使他们能自拔于错误与罪恶。要知道如果以暴行答复敌人从前的暴行，以奴辱来答复他们从前错误的优越感，则冤冤相报，永无终止，决不是我们仁义之师的目的。”此日的《蒋介石日记》记叙道：“今晨接获敌国无条件投降，正式覆文以后，惟有深感上帝所赋予我之恩典与智慧，大殊不可思议之。”没有过多感慨，同样是淡然。不是性格使然，是艰辛太多，作为全国抗战的总指挥，他曾两度想自杀，最终以祷告度日。回首既往，哪能高兴得起来。维克多·弗莱克尔在《活出意义来》中，提到了奥斯威辛集中营最初解放的时刻，仍是沮丧的延续：“我们到了长满野花的沼泽，看到并意识到它们就在那里，但一点感觉也没有。”“晚上，我们又聚在一起，有人悄悄对另一个人说。‘告诉我，今天你高兴吗？’另一个人回答：‘说实话，不！’他不知道，大家都是这个感觉。我们已经丧失了感受快乐的能力，要慢慢地重新培养这种能力。”蒋的心境，大致也如此。

日本投降的消息传来，在延安的人中有两种情绪：一种是大多数人的情绪，疯狂、欢乐，如鲁艺的人打着火把游行，一直游到杨家岭，大概有十来里路。把棉衣都拆掉了，八月天，以为马上就要离开延安了，把棉衣的棉花掏出来，蘸上煤油，当火把点。其实很多人后来一直到1947年才撤离延安。当时的李锐在报社工作，却有着另一种情绪，即对整个的形势担忧。“我在《解放日报》国内版一直管包括军事方面的评论，所以头脑比较清醒，并没有很多的喜悦，马上关心到一个问题：国民党同共产党的关系会如何发展？蒋介石那时也很了解共产党的本钱比过去大得多了。考虑到恐怕会打，而且倾向于认为，恐怕是非打不可。我的《龙胆紫集》‘延安杂忆十首’，最后一首即写此种心情：‘昧旦争传倭寇降，山沟火炬喜如狂。夫妻默默窑中坐，天下谁家待较量。’我同那个时候的妻子范元甄两个人坐在窑洞里心情很沉闷：日本投降以后，国内的局势怎么样？前途是什么？觉得个人要做离开延安的准备。像我们这样的人，或者到大后方去，或者到前方去，不会再留在延安，而且估计我们绝对会是最早一批走的。因此准备得很积极，到了非常具体、非常细小的程度。譬如：我有一口箱子，得卖掉，大被子也要卖掉，认为绝不会在延安过冬了。”（见《热河办报——李锐口述自传片段》文）

大背景、大趋势之下有普通人生活的记述，可使后人更清晰地了解那段历史，这些细节是对应历史的另一种诠释。细节是不易被篡改歪曲的，野史与官史、逸史与正史的不同之处，便是注重了情节始末。有了细节，历史便不再浮泛抽象，不再不着边际，便不仅仅是国家史、政治鉴，它还可能是一部家族史，行业志，一幕生活的画卷，一段心路的历程，还会变得具有亲切感、鲜活质，宛如左邻右舍的家长里短，柴米油盐。细节是历史的横切面，从中可辨认出其内在的血管经络、组织构造。金豹之窥，在于轮廓与细节的结合，如此有助于窥得历史的真实图景与详尽情形；深入了解，在于大略与细节的互释，如此有助于解析事件的生生端的与凿凿内幕。

看似琐屑零碎，不厌其详，实则鞭辟入里，淋漓尽致，故曰“细节也是力量”。但具备细节的史志并不多，上古史姑且不论，即便是近代史、当代史也然。这一忽略疏虞，有修撰者文墨粗陋、略识之无的失心，也有知情者规避躲引、讳莫如深的存意，还有当事者互为掣肘、拘牵检束的奈何。“世事洞明皆学问，人情练达即文章”，于诗心如此，于史志何尝不然。

郑振铎日记的魅力

日记无非两种，一种是经整理后供发表的，另一种是写给自己看的，乃极为个人化的记录。《郑振铎日记全编》（山西古籍出版社2006年1月版）中两者俱备。前者如《欧行日记》《西行书简》《求书目录》《西谛日记钞》等等，后者则是国务公干、新闻时政之摹写，稳私家事、末节琐屑之笔受。两厢比较，后者似乎更具价值。

周作人于1925年3月写了篇《日记与尺牍》，开宗明义道："日记与尺牍是文学中特别有趣味的东西，因为比别的文章更鲜明的表出作者的个性。诗文小说戏曲都是做给第三者看的，所以艺术虽然更加精炼，也就多有一点做作的痕迹。信札只是写给第二个人，日记则给自己看的（写了日记预备将来石印出书的算作例外），自然是更真实更天然的了。"鲁迅先生在《马上日记》中，也公开声明："我本来每天写日记，是写给自己看的；大约天地间写着这样的日记的人们很不少。假使写的人成了名人，死了之后便也会印出；看的人也格外有趣味，因为他写的时候不像做《内感篇》外冒篇似的须摆空架子，所以反而可以看出真的面目来。我想，这是日记的正宗嫡派。”其开门见山，百无禁忌，笔陈心情，直举胸臆，历来为史家所看重。

如郑先生的日记中多次提及“雀战”，仅1944年1月份便进行雀战八回，或“至十一时许归”，或“至天明”，或“负”。5月9日记录有“负百元”，5月23日则有“购雀牌一副，一千元，尚是廉价”的记录。而其日记中屡有戒赌之誓，然又再作冯妇。这些细节，均为史籍传记所不载，所谓避名家违是也。类似的戒赌之誓胡适也发过：“我们走遍世界，可曾看到哪一个有长进的民族肯这样荒时废业的？麻将只能是爱闲逛、不珍惜时间的民族的专利品！”他还说过：“每天花一点钟看10页有用的书，每年可看3600多页书，30年读11万页书。诸位，11万页书足可以使你成为一个学者了。可是，每天看三种小报也得费你一点钟的工夫；四圈麻将又得费你一点钟的光阴。看小报呢？还是打麻将呢？还是努力做一个学者呢？”他曾把麻将与鸦片、八股、小脚并列为“四大害”：“有人说中国有三害：鸦片、八股和小脚。其实中国还有第四害：麻将。按当时全国有一百万张麻将桌，每天打八圈，每圈半小时，就要消耗四百万小时，相当于损失16.7万天光阴。金钱的输赢，精力的消耗都还不算。我们走遍世界，可曾看到哪一个长进的民族，文明的国家肯这样荒时废业！”话虽说得惊心动魄，但他还是乐此不疲，可见麻将的诱惑。唐德刚在胡适背后看他打麻将：“胡适抓了一手杂牌，连呼‘不成气候，不成气候’，可是‘好张子’却不断的来，他东拼西凑，手脚忙乱，结果还是和不了牌。”“再看他下家，那位太太慢条斯理，运筹帷幄，指挥若定。他正在摸‘清一色’所以不管‘好张子，坏张子’只要颜色不同，就打掉再说。”有了这些细节，似乎便为一个人物平添了几分生气。梁实秋曾写《谈麻将》一文，但其本人不参与，好友酣战，则作壁上观，他解释说：“我不打麻将，并不妄以为自己志行高洁。而我脑筋迟钝，跟不上别人反应的速度，影响到麻将的节奏。一赶快就出差池。我缺乏机智，自己的一副牌都常照顾不过来，遑论揣度别人的底细？既不知己又不知彼，如何可以应付大局？打牌本是娱乐，往往反寻烦恼，又受气又受窘，干脆不如不打。”此话便委婉多了。梁启超嗜雀如命，虽旅途不能止。有人劝他勿玩物丧志，梁对曰：“骨牌足以启予智窦，手一抚之，思潮汩汩而来；较寻常枯索，难易悬殊，屡验屡效，已成习惯。”闻者粲然。尝曰：“只有读书可使我忘记麻将，也只有麻将可使我忘记读书。予利用博戏时间起腹稿耳。骨牌足以启予智窦，手一抚之，思潮汩汩来，较寻常枯索，难易悬殊，屡验屡效，已成习惯。”傅斯年更是在麻将牌中悟出了人生哲学，他曾在《申报·自由谈》上撰文道：“我们中国人的生活也是这样，只要运气好，机会巧，一路顺风，就可以由书记而主席，由马弁而督办，倘若奖券能够中了头彩，那末不但名流闻人，可以唾手而得，并且要做什么长或主任之类，也大是易事。所以我们中国人最注意的是天命。”郁达夫艳羡刘海粟身边有许多美女，称有朝一日我若也能够这样，即刻死，也值得。据刘海粟晚年回忆：“有一件事情很有意思，他同徐志摩一道来打麻将，我请了两三个漂亮的女孩子陪他。噢，麻烦了，他心不在焉，一个晚上下来输了二十几块。钱不是很多，但是郁达夫平时用钱非常小心的，他很难过，说从今以后再也不打麻将了。”此为另话。历史上嗜博之人多矣，龚自珍即一位，其尝于帐顶满画一二三四等字，以推究门道生死，自以为极精，然每博必负。龚对此嗜曾解释道：“陶靖节种菊看山，岂其本意，特无可奈何，始放情于山水，以抒其忧郁耳。故其所作诗文愈旷达，实为愈不能忘情于世事之征，亦与余今日之拂水弄花，无以异也。”郑先生大概就是这种人。

晚清，叉雀之嬉成为风气，无贤愚贵贱，舍此末由推襟抱，类性情，而其流弊所极，乃不止败身谋，或因而误国计。况周颐《眉庐丛话》云：“相传青岛地方，沦弃于德，其原因则一局之误也。当时青岛守臣文武大员各一：文为山东道员蒋某，武则总兵章高元也。岁在丁酉，蒋以阖差调省，高元实专防务。某日日中，炮台上守兵，偶以远镜瞭望海中，忽见外国兵舰一艘鼓浪而来，亟审睇之，则更有数艘衔尾继至，急报高元。高元有雀癖，方与幕僚数人合局，闻报夷然曰：“彼自游弋，偶经此耳，胡张皇为？”俄而船已下碇，辨为德国旗帜，移时即有照会抵高元署，勒令于二十四点钟内，撤兵离境，让出全岛。高元方专一于雀，无暇他顾，得照会，竟姑置几上，其镇静情形，视谢安方围棋得驿书时，殆有甚焉。彼特看毕无喜色，此则并不拆视也。久之，一幕客观局者，取牍欲启封，高元尚尼之，而牍已出矣。幕客则极口狂呼怪事。高元闻变，推案起，仓皇下令开队，则敌兵已布通衢踞药库矣。将士皆挟空枪，无子药。既不能战，诣德将辩论，亦无效，遂被幽署中。于是德人不折一矢而青岛非复中国有矣。事后，高元迭电总署，谓被德人诱登兵舰，威胁万端，始终不屈，皆矫饰文过之辞耳。嗟乎，青岛迄今再易主矣。吾中国亦陵谷变迁，而唯看竹之风，日盛一日。尤足异者，旧人号称操雅，亦复未能免俗。群居终日，无复气类之区别，则此风伊于胡底也。俯仰陈迹，感慨系之矣。”雀战误国，文人偶尔游戏可也，浸淫其间也会误事，故郑先生才会屡有戒赌之誓。

除此之外，其日记中更多记录者便是购书了。1944年5月记有至书肆十五回，6月份二十二回，除隅得之外，多为“至各书肆无所得”。著名版本学家、藏书家的铸就，离开这样的腿脚勤快、点滴工夫大概是不行的。

如郑振铎这样的文化人物，其亲身经历过许多重大历史事件，从其日记中看到的是这些事件的另一侧面。1945年8月11日，闻日本投降，上海市面“秩序井然，闻昨夜有游行有狂欢终夜者。至市场，已不做交易，卖不出东西，干着急。午归，国旗已满街飘扬。闻下午又有游行。又闻接收的人已来，明晨正规军可到”。在纪念抗战胜利60周年之际，报刊文章多述狂欢游行为8月14日晚，谬也。8月12日，“外面情形尚未平定，因条件尚未签字也。昨有扰乱，故今日戒严”。8月13日，“晨出，至市场，仍无交易，金价亦低，不能售出。至银行取现款。六时许，见南京路自大新至河南路一段被封锁”。8月14日，“市场上仍无交易，各股均惨跌，殊不可解”。8月15日，“至市场，因南京路封锁，不能过去”。抗战胜利前夕，上海市面的些许变化，百姓心态的细微波动，在此均有实述，惟日记可为也。此时的郑氏日记，全然普通市民的视角。

其实，郑先生只是个埋头学问而对政治无甚感觉、无甚兴致之人。在抗战胜利后的1945年8月22日，其日记中便记述有这样的文字："觉得政治这东西，实在太可怕了。还是做自己的本行为是。"对于"反右"运动的频繁记录，一则说明由于其所处位置的变化，或多或少已成为一政治中人，既如此，岂有不关心者；二则表明此运动对知识界的触动的确是惊天撼地、不寒而栗的；三则还有一种自身的恐惧在其中，尽管他采取的是回避态度。遗憾的是对这一运动，其多为记录而已，却缺少评述。在复杂的政治局势面前，一位学人的茫然不解、似懂非懂之窘态在此已然显现。看政治家的日记则不然。1957年6月9日，宋云彬日记（见《红尘冷眼》，山西人民出版社2002年3月版）中有这样的记述："《浙江日报》今日以头条新闻刊出，而以大字标题曰'阶级斗争还未熄灭'。读者为之悚然，谓'放''鸣'自此收矣。"精辟一语道破，透彻之极也。

郑振铎的日记许多写于案头台历纸背，甚至是自裁小纸片上的，由于幅面所限，故文字多短小凝练，简明扼要。郑先生新中国成立后每出国，均要买礼物分送亲人，1955年访问印度缅甸时，购回的东西有原子笔、铅笔、刀片、手帕、袜子等，多则送一至两件，妻三件。一位经济收入不算少的大学者俭朴节省、宽打窄用生活的另一面，却是购书时的一掷千金，阔绰豁如。1943年3月17日：“付《四部丛刊》初、二、三编等第一批款五千元。”3月22日：“购乃乾之《敚然阁文集》一部，价五十五元。”3月30日：“得《推篷寝语》，价千元。”4月14日：“付传新书款三百六十元，又付商务书款一百八十八元七角。”4月17日：“购《扬州东园图咏》一册，作一百金。”以至“除还章一万元外，所余仅二数；尚须付还账款三千余元，实不足敷四五月之用。如此度日，诚大可惧也”。（见5月24日）购买不起时，他便将书借回，“窗外雨声，淅沥未止，秋灯夜抄，手为之疲”。这让人想到了家贫嗜学的明儒宋濂，其在《送东阳马生序》中言：“每假借于藏书家，手自笔录，计日以还。天大寒，砚冰坚，手指不可屈伸，弗之怠。”

1951年4月15日，吴宓在日记中记录了有朋友劝告他焚毁日记、诗稿以免惹祸，他由此写道：“宓虽感其意，而不能遵从。此日记既难割爱焚毁，且仍须续写。理由有三：（1）日记所载，皆宓内心之感想，皆宓自言自语、自为问答之词。日记只供宓自读自阅，从未示人，更无意刊布。而宓所以必作此日记者，以宓为内向之人，处境孤独，愁苦烦郁至深且重，非书写出之，以代倾诉，以资宣泄，则我实不能自聊，无以自慰也。（2）宓只有感想而无行动。日记所述皆宓之真实见解及感触，然却无任何行事之计划及作用。日记之性质，无殊历史与小说而已。（3）日记中宓之感想，窃仿顾亭林《日知录》之例，皆论理而不论事，明道而不责人，皆不为今时此地立议陈情，而阐明天下万世文野升降之机，治乱兴衰之故。皆为证明大道，垂示来兹，所谓守先待后，而不图于数十年或百年内得有采用施行之机会，亦不敢望世中一切能稍随吾心而变迁。”郑振铎日记亦“论理而不论事”之作，故在阅读这些趣事时，当留意其后隐匿的“论理”。

有些日记，是可以当成心灵史来读的。

跋

民国是距今最近的历史宿命，其间有太多细节，终不知是必然还是偶然，但全能在更远的前朝，或时下当今觅得相似的发生。碎影的拼凑对接，管窥不出全豹，蠡测不出半海，凭着规律还原出的大致，却为治史者腾出了相当的空间，胡适所言“修辞立诚在于无愧，造物指事莫非自然”，合理乎？悖理乎？

陈寅恪先生的治学三不讲“前人说过的我不讲，今人说过的我不讲，我自己以前说过的不再讲”，让人气馁极了，沮丧极了，不知本书有多少是独见，又有几许为复述。杜鲁门也说过类似的话：“天底下唯一的新鲜事，便是不为人知的历史。”只由于每个人感受的差别，心得必异，体会必殊，任何历史皆当代史，亦心灵史，实则鱼乐，却非娱乐。

对民国的强音叙述，一半基于史料文献之丰沛，一半基于今昔对比之感受。闷坐书馆闲操心，看来全是论古今，“读书无疑者，须教有疑，有疑者，却要无疑”，治史如读书，疑与不疑间。窗前已非昨时月，可肯今宵借我读？以介某之业余，置喙梢头，一只孤往独还的云雀，舌喁喁，语切切，难免为嘹唳舒扬之聒、铿锵高亢之噪所没，不要紧，鸣而生默而死之间，我幽咽了一声。不求宛转圆润，但求几曲新声，而已而已。在齐太史简，在晋董狐笔，客串者虽有此心思，却无此使命，奢谈此能力。闻一多在《论郭沫若的学术精神》中曾言："如果他说了十句，只有三句对了，那七句错的可以刺激起大家的研究辩证，那说对了三句，就为同时代和以后的人省了很多冤枉路。"照此理论，说得对与不对，皆可予人有益，此话慰人。

傅斯年说"史学即史料学"，为充实论据，纠偏扶正。而此稿早已写毕，却一直未敢出示，其间一拖再拖，一涂再涂，辗转反侧，吞吞吐吐，有抽去章节者，有添加字句者。添文如添丁，其乐融融，其兴冲冲，直至添成蛇足之累；删节犹比捐钱纳税，掂量再三小九九，空遗一派小家之气，故曰得也患失也患，进也难退也难。陈衡哲编译《西洋史》，胡适之撰文推荐之，其曰："史学有两方面，一方面是科学的，重在史料的搜集与整理；一方面是艺术的，重在史实的叙述与解释。这样综合的，有断制的叙述，可以见作者的见解与天才。历史要这样做，方才有趣味，方才有精彩。"胡适的观点与傅斯年重叠，但内涵更广，有趣精彩的言外之意，定能作多方面的理解。

1924年12月，鲁迅为自己主编的《乌合丛书》撰写广告：“大志向是丝毫没有。所愿的：无非（1）在自己，是希望那印成的从速卖完，可以收回钱来再印第二种；（2）对于读者，是希望看了之后，不至于以为太受欺骗了。”他的话，道出了多少著书人的忐忑。

“格致”乃实用之学所指，而本集所录，皆罔效之文，凡此文丛，南箕北斗，名不符实，虚妄矣。感谢北岳文艺出版社续小强社长的大力支持，感谢责编马峻女士的辛勤工作。

介子平

乙未清明